我就是忍不住笑了

I Just Can't Help Laughing

十週年歡聚珍藏版

侯文詠

序 我可是乾杯了噢，你呢？

二〇〇九年，我在臉書Facebook粉絲專頁開始發表文章。

本來，對於所謂的「粉絲專頁」我是很猶豫的，總覺得這樣做有「商業」、「偶像化」的嫌疑，違背自己寫作初衷。不過，隨著在專頁上發表的一些小文章得到讀者們老友般的親切回應，我克服了某種近乎潔癖的恐懼感。我發現，許多朋友——不管是過去的讀者、聽眾或者是新認識的網友，都跟我一樣享受這樣的交流。漸漸，我在這裡發表更多的生活見聞、隨筆，更多朋友也紛紛加入這個園地，在這裡貼留言、或貼文、貼圖、貼連結，讓我感受到出乎意料之外的熱情。

我在這個地方得到的經驗和過去在傳統媒體完全不同。首先，這裡不受時間、空間、規格、收視率等限制，不但即時、直接，並且隨意、隨緣，想說就說，不想說時也沒有非說不可的壓力。更理想的是，必須是對你有興趣或「按讚」的人才能來到這裡參加互動。這使得這個專頁既擁有主動性，又不干擾其他不相干的人，創造出了一種既有媒體似的開放性，又有「好朋友聚會」似的封閉性社群。

我玩興大發，除了常在上面隨手發表一些生活隨筆，還不斷地在這個專頁上試試一些沒做過的事，諸如：徵求網友貼文、回應讀者困惑、為朋友的愛情疑難雜症公開徵求顧問，或者針對某些生活情境做意見調查（叫蚵仔煎還是雞蛋海蠣餅對陸客更有吸引力？）、甚至在腸枯思竭時像公開徵求我創作劇本中需要的情節……

記憶最深刻的一次是我心血來潮，在臉書的粉絲網頁上辦「歡樂派對」。我從派對前三天前開始預告，屆時，派對將從晚上六點鐘持續到隔天凌晨一點鐘，我將開放專頁塗鴉牆，以「那些讓我覺得快樂的事」為主題，讓大家自由提文，和所有朋友一起共享。

派對當天，我像個緊張的主人，從下午五點半就開始在網頁上預告了。不但如此，我還貼了 YouTube 上我喜歡的音樂連結，為即將開始的派對暖場。

看我一個人戴著耳機在電腦前面搖頭晃腦，雅麗小姐問我：「你在幹什麼？」

「啊？」我拿下耳機。

「你在幹什麼？」

「開 party。」

「開 party？」她一臉不以為然的表情。

「嗯。跟幾十萬人一起開 party。」

「幾十萬人？」顯然規模龐大，雅麗小姐可有一點興趣了，「在哪裡？」

我指了指電腦螢幕。

「真的假的？」

「真的。」

我把計畫告訴雅麗。她聽完只是搖頭說：「你別發神經了，我看啊，到時候一個人都沒有，只有你一個人在那裡自 high……」

被這麼一說，我心裡蒙上了一層陰影。不過，我還是嘴硬地說：「會的，到時候一定會有一個體育場都裝不下的人來參加我們的 party。」

六點整，我在網頁上貼上了黑眼豆豆先生的〈Tonight's gonna be a good night〉的 YouTube 連結，並且開放了塗鴉牆上權限給所有人，我宣布——派對開始！

邊聽著黑眼豆豆的音樂，我好奇地另外開出一個新網頁，想看看到底有沒有人來參加我的派對。

新網頁一出現，我驚訝地發現剛剛貼上去的音樂連結已經不見了。明明音樂還在耳邊響著啊……不會吧？消失了？網頁偏偏這時候出問題？我屏氣凝神，又按了幾個 click 之後發現，原來黑眼豆豆先生的 YouTube 連結，已經被後來的貼文，沖到第七頁去了。

「天啊——」

我不敢相信自己的眼睛，又刷新了一次網頁，結果，原來的貼文又被更多的留言擠到下二、三個網頁。又刷新一次網頁，結果仍然還是一樣。

「怎麼了？」我的叫聲引來雅麗的關切。

「客人……」我壓抑不住激動的心情，指著螢幕說：「都來了。」雅麗站在我的身後，用不可思議的眼光，看著在我刷新下，一篇又一篇的貼文，河流似的在螢幕上流動著。

沒有想到一個人在家裡也可以這麼 high……

這些留言，情緒都跟我一樣驚訝、一派興奮、高亢。我又隨手打開一個連結。

侯大，真的是你嗎？讀你的書快二十年，從來沒有想過有一天和你一起開 party。太興奮了，送上我最愛的一首歌！祝大家今晚都能 high 到最高點。

熱情的網友們貼上來的音樂數量多到根本來不及消化，只能聽完一首，隨著畫面刷新隨機跳出最新的連結，就聽哪一首。我就這樣，在情緒高漲的 high 歌之中，盡情打開留言，並且忙著回應。

各式各樣的貼文、圖片、音樂、影片都有。有人 po 上對彼此的祝福、有人 po 上自己小孩學走路的影片，也有人 po 上不同時期在演講、簽名的場合與我合照的照片。還有人宣布今天是自己的生日，立刻有朋友 po 上來各式各樣的生日快樂歌……

興致一來，我找出幾本著作簽名、拍照、上傳。

有獎徵答：在一場正式的四百公尺賽跑中，你奮力向前跑，超越了最後一名，你是第幾名？請在下面的留言欄留言。猜對的人我要自己掏腰包送簽名書。只有十本書噢，動作要快。好，現在開始。

才發文，留言欄立刻被塞滿了各式各樣的答案。（標準答案賣個關子。提醒大家，「倒數第二名」不是標準答案。）

我找出前十名答對的朋友，發信去問他們的住址和真實姓名聯絡電話，不到五分鐘，十個朋友的住址、電話和真實姓名已經留在我的

信箱了。

看著這些個人資料，我心想：天啊，大家對我未免也太信任了吧？

音樂忽然停了。我又刷新了一次網頁，發現我已經錯過十幾個頁面了。我隨手又點了一首網友貼上來的音樂，耳畔又恢復了響聲震天的熱鬧。派對歡樂的氣氛持續著，我感覺得到，陸續有更多的朋友加入這個川流不息歡樂派對。

一切對我來說都新鮮、驚喜、前所未見。

有讀者 po 上來他最喜歡的景點。也有讀者 po 上來他最愛的餐廳、最不可錯過的菜單。還有讀者 po 上來她的新生兒的照片。她說：她開始讀我的書的時候是個憧憬愛情、婚姻的國中小女孩，現在她已經身為人母了，她很喜歡自己的丈夫、孩子，喜歡自己的生活，想和大家分享自己的快樂……

還有遠在日本讀書的讀者，告訴我，日本下雪了。東京的雪夜，她一個人在遙遠的北國感受這來自家鄉的溫暖，淚流滿面……

就這樣，我一個人在書房，擁有了分布全世界各地的朋友的陪伴，一點也沒有感覺到時光流逝。我把電腦聲音接上喇叭，讓歌曲從音箱播放出來。我點開了一個又一個的留言、一張一張的照片、一首一首的歌聲、影片文字，熱鬧、吵雜、喧囂……

網頁上，有大剌剌地對全體發言的貼文，也有志同道合的小社群在某個話題底下各自聊開，最誇張的是連網購的人都上來促銷他們的產品了……高亢的音樂聲中，時間、空間的隔閡消失了，人與人之間的距離感也消失了，幾萬人就這樣在網頁上流動著，此起彼落的起鬨、笑聲，彷彿可以觸摸、可以看見、聽見。

一切是那麼地栩栩如生，一切又是那麼地不真實。

專頁上，一則新留言映入我的眼簾。

侯老師，過了很久之後，我還是常常會想起那件事。謝謝你。我是謝政傑，我一切都好，我會繼續長大，請不用為我擔心。

謝政傑是《危險心靈》裡面十五歲的叛逆青少年。我筆下的虛構人物當然不可能寫信給我。只是，這個留言讓我會心一笑，感到一種無比的溫暖。寫過膾炙人口小說《包法利夫人》的福樓拜曾說：「包法利夫人就是我。（Madame Bovary，c'est moi.）」

我相信，任何作者或讀者，只要被故事中的人物感動，他們的內心世界，都曾經將心比心地與那個角色合而為一。從某個角度來說，謝政傑就是我們，是任何一個曾被故事感動的人。

讀著這段留言，我不由自主地想起了飽受挫折的謝政傑在《危險心靈》裡面最後的篇章決定不再說話，落寞地被安排去看精神科醫師的畫面。那時候，謝政傑說：

我常常想，如果人與人之間，在一起的目的都只是單純地為了像這樣瞭解彼此，那該有多好……

在這麼一個充滿矛盾、衝突、猜疑、對立的現實世界裡，和一群如此熟悉的陌生人，用著這麼特別的方式，共同分享靈魂深處對美好的共同渴望，想著如此的因緣際會，分不清楚到底是感動還是感傷，我發現自己的眼眶已經潮濕了。

我決定去找瓶紅酒來，打開，為自己、為這麼多未曾謀面的朋友、為這個熱鬧的場合乾上一杯。

一杯紅酒下肚之後，我一手拿著手機，一手拿著紅酒杯，開始自拍，並且傳上臉書專頁。

「乾杯啦！」我說。

「好主意！」立刻有人回應。

還有人表示，要立刻到樓下便利商店買酒。

不久，網頁上充滿了各式各樣舉杯的朋友的照片，有獨照也有合照的。在家裡開 pa 最過癮了。有人說。沒有酒駕問題、也沒有安全問題、更不用擔心壞人就在你身旁！

各式各樣的乾杯祝福蜂擁而出，祝暢銷的、健康的、致富的、心想事成的、祝福社會、祝福國家、天下太平的……

「乎搭啦。」這樣的聲音此起彼落。

就在我幾乎都聞得到從螢幕上散發出來的酒精味道時，另一則令人興奮的留言也出現了。

還記得我嗎？寫過這首詩的：

與君歌一曲，請君為我側耳聽。鐘鼓饌玉不足貴，但願長醉不願醒。

古來聖賢皆寂寞，惟有飲者留其名……

哈，我拍手叫好，要不是李白穿越時空來了，就是我們的派對變成主題派對了。不打緊，有緣無緣大家來做伙，燒酒喝一杯，乎搭啦——這首〈將進酒〉我小時候背過。我開始一句一句地和李白一起唱和，交互朗誦。

主人何為言少錢，

噢喲，當主人的說什麼沒錢嘛，

逕須沽取對君酌。

只管去買酒來喝就是了。

五花馬，千金裘，呼兒將出換美酒。

你們家什麼ＢＭＷ、Chanel都拿去賣了吧，叫你兒子拿錢去買酒來喝，**與爾同銷萬古愁**。

人生海海，海海人生啦，讓咱們就這樣喝到天長地久吧……

夜漸漸深了。越來越多人舉起了酒杯，把照片po上來，加入了這場歡樂的派對。我把喝光了的酒杯、酒瓶拍下來，po上去。寫著：

我可是乾杯了噢，你呢？

像這樣。

更多乾杯照片被情義十足地貼上來。

我可是乾杯了噢，你呢？

像是山谷的回聲似的同樣的回應，被貼上來，又貼上來。

更好玩的是，還有人貼上來各式各樣的下酒菜……

光是看照片上的那瓶空酒瓶，大概不難猜出那晚我的神智狀態。我甚至企圖模仿相片中網頁左上角的照片那樣，坐到一大疊書本上，拍照上傳，展示自己的平衡感（或是愚蠢），幸好英明的雅麗小姐當場制止了。

就這樣，我一個人聽著讀者貼上來的音樂、看著這麼多美好的情意交流、穿梭著，直到凌晨一點鐘，雅麗小姐拍了拍我的肩膀，指了指手錶。我利用僅剩的一點點清醒，感傷、不捨地貼上了事先準備好的《魂斷藍橋》主題曲……

或許是紅酒的緣故，隔天我醒得比平時早些。我有點頭痛，去找了顆止痛藥，就在陽光灑落的窗戶旁，邊喝水邊吃藥。

一想起昨夜的那場歡樂派對，我好奇地坐到電腦桌前，點開了螢幕上的臉書專頁。

沒有任何杯盤狼藉、也沒有任何躺在地上、沙發上必須收拾的男男女女……我忽然開始懷疑起來，昨夜的嘉年華會，一切的高潮，真的發生過嗎？會不會像溝口健二的電影《雨月物語》一樣，男主角一覺醒來，發現一切浮華只是夢境？

幸好網頁上的留言，為昨晚留下了見證。我數了數，朋友們光是貼上來的影音、歌曲連結就有上千則，其他貼文、貼圖更是不計其數。

太多事都在我意料之外。

在這之前，我從沒想過，寫在臉書上的小文章、或者是發生在網頁的這些事，會當作「作品」來出版。因為對我來說，這些生活瑣事、小品，一直就是作者的「生活」。而做為一個專業作者，他的「生活」和「作品」應該是不同的才對。

那時陽光亮晃晃地，穿越窗戶，落到我的座椅上。面對著這麼真實，卻又瞬息即逝的一切，我忽然有種新的體悟。我一直記得那天早上陽光曬在我的腿上微微的暖意、乾乾淨淨的螢幕、宿醉的頭痛，以及對應在我心中那種清明的感覺。

或許面對時間流逝、人事變幻這麼巨大的無常，誰也無能為力。但是，如果有一支筆，或者就能捕捉一些記憶、感覺，試著盡力把許多美好的瞬間保留下來，哪怕細微得像是普魯斯特《追憶逝水年華》筆下瑪德琳（Madeleine）小餅乾留下的氣味……

我不確定我做得到做不到，或者是能做得多好，但就在那時候，我改變了想法，開始有了出版這本書的念頭。

一、兩年後，在這本書的出版前夕，當我整理好這些大部分發表在臉書的小文章，並且把所有的篇章名字都列印出來，攤在桌上，試圖從其中找出這本書的書名時，我發現這實在不是一件容易的工作。

我就這樣抓耳搔頭，煎熬了一個多禮拜的時間，忽然想起了那個舉辦歡樂派對的晚上。不難理解，為什麼當《我就是忍不住笑了》這個書名映入眼簾時，我心想，就是這個了——

我就是忍不住笑了。就像我們想起自己喜愛的父母、孩子、戀人、朋友時，臉上自然而然流露出來的表情一樣……

我心想，讓我們聚在一起的力量，與其說是共同信念，還不如說是對歡笑、美好的共同渴望。

我在電腦上打字，把這個書名在稿子最開端打了下來。我看著這個書名，反覆推敲。

我就是忍不住笑了。我就是忍不住笑了……這樣唸著，不知道為什麼，腦海浮上了已故好友羅曼菲的笑容。

那時，因為癌細胞腦部轉移，曼菲不得不接受脊椎穿刺檢查。不幸檢查後，發生了頭痛的併發症。

「為什麼別人做穿刺都沒事，我做穿刺就發生穿刺後頭痛呢？」她皺著眉頭問我這個擁有麻醉專科資格的好朋友。

解釋了半天脊髓液外流等等專業名詞後，我說：「這種併發症最常發生在孕婦還有年輕人身上。你不是孕婦，所以，最可能的理由是……」

「我還很年輕？」曼菲說。

我點點頭。「應該是這樣吧。」

「哈，」她聽了忍不住大笑一聲，開懷地說：「這倒是最近聽到，難得的好事一件。」

那是她典型的笑容，爽朗的、豪邁的。

一直到了她病情惡化到了不可收拾，明白自己隨時可能離開這個世界，她還跟我說：「其實啊，比起你們活得更久的人，我這樣的人生也有好處。」

「好處？」我看著她。

「至少我的人生，不用經歷老年這個我不喜歡的階段。」

「是啊，」我想了想說：「有一天，你會比每一個人都更青春、更美麗。」

說完，她笑了起來。

我一直記得她那個笑容。

那樣的笑容，也正是我最想說的。

只要還保有笑容，我們就保有了對美好的想望與對生命的幽默。只要繼續保有了這些，不管發生了什麼，我們知道，我們終將可以堅定、安好地走下去。

是的，我就是忍不住笑了。

我想像書是一個即將開始的歡樂派對。序文像是個站在入口的主人，舉杯招呼所有的賓客。在歡樂派對即將開始前，主人冗長的致辭似乎是不合時宜的。因此，我決定先乾為敬，歡迎大家，並且大聲宣布「派對開始」！

開場音樂響徹雲霄。光是那樣想著，我已經有幾分不請自 high 了。

我高高地舉起空酒杯，有種高聲嘶嚷的衝動。

「我——可——是——乾——杯——了——噢，你呢？」

Contents

卷一 帥啦，像大明星一樣帥啦

卷二

看電影可以不要尖叫嗎？

卷三 勵志故事人人愛

卷四 愛情詭辯

卷五

嗆嗆嗆嗆，嗆嗆嗆

卷一

帥啦，像大明星一樣帥啦

我和吳淡如在峇里島的豪華別墅

有一次心血來潮，計畫到峇里島去度假。一個朋友聽到了，立刻建議我：

「吳淡如不是你的朋友嗎？我聽說她在那裡買了一棟豪華別墅，你何不去她那裡住呢？」

「真的啊？」

我二話不說，立刻打電話給吳淡如。吳淡如一聽我來跟她借豪華別墅，訝異地表示，她沒有買任何房子啊。還問我從哪裡聽來這樣的消息？

「我是聽人家說的，」我有點小小失望，嘆了口氣說：「唉，我還以為是真的。」

「要是真的就好了。」淡如說。

不過她大小姐很義氣，介紹了好幾個她在峇里島的朋友，有開Spa按摩的，有開咖啡豆專賣店的……還幫我打電話關照，叫我去峇里島一定要去找他們。

我在峇里島待了五天。那實在是個很好玩的地方，我玩到只剩下一天的行程時才想起還沒有去拜訪淡如的朋友。心想，人家都幫我關照了，不去顯然太不好意思了。

於是我去了會說中文的 Spa 店。果然店長很熱情地招待我們免費按摩。完了還合照留念。我又去了咖啡豆專賣店。人家本來沒開店，不過看在淡如的面子，老闆特別把店門打開了，還煮了熱騰騰的新鮮咖啡，讓我們免費品嘗。老闆很熱情，我們咖啡也喝得很開心。結束之後，老闆要求拍照留念，我也覺得理所當然……

加上之前的旅程，峇里島之行變成了很充滿回憶的旅行。

大概回到台灣半年之後吧，碰到一個不算很熟的朋友，一見面對我說：

「聽說你很喜歡峇里島？」

「你怎麼知道的？」我問。

「我剛參加旅行團從峇里島玩回來。」

「噢。」我說。

「峇里島到處都有你的照片。」

「我的照片？」

「對啊，Spa 店有你和老闆娘的合影，咖啡店有你和老闆的合影……就掛在店裡面很顯眼的地方。」

「噢。」

「我們坐遊覽車還經過你的豪華別墅門口呢。」

豪華別墅？這可新鮮了。

「對啊，導遊還指給我們看呢，她說你就買在吳淡如別墅的旁邊。」那個朋友一臉羨慕的表情說：「你們的別墅真的很豪華呢。」

現在我終於明白吳淡如為什麼在峇里島會有一棟豪華別墅了。於是我只好又像吳淡如當初向我解釋一樣，向朋友解釋了半天。

事後，我打了電話給吳淡如，告訴她這件有趣的事。

「現在我們在峇里島是鄰居了。」我告訴淡如。

「真的？」淡如發出了爽朗的笑聲，「哈，改天我們一定要一起去看看！」

別指望那個交情給你太多依靠

出版新書時，不免要宣傳跑通告。作家這個工作可以分成很多部分，其中這是我最不喜歡的部分。總覺得談自己寫的書有點老王賣瓜，自賣自誇。再說，又不是每個看電視、聽廣播的人都對你有興趣，大動干戈地上媒體宣傳書，有點傷及無辜……

總之，這是題外話，這次要說的故事不是這個。故事是這樣的：

前幾天上李四端的節目專訪。

李四端是台灣最著名、資深的新聞主播，他的採訪以靈活、生動、刁鑽廣受觀眾歡迎。他的採訪遍及政要高官、商界名流、文化巨擘、影視明星……許多人都對他的訪問可說是又愛又怕。

我和四端雖是朋友，但接受他的專訪還是第一次。

節目開錄前，我們先小聊了一下。根據過去我做廣播採訪別人的經驗，這是錄影前很重要的熱身，一方面主持人必須瞭解受訪人，另一方面也是一種建立錄影對談節奏的嘗試。

有趣的是，四端觀察我，我也好奇地在觀察他。感覺得出來，他做足了關於我的功課，一邊發問的同時，也細膩地觀察我的反應，並且盤算著接下來的採訪策略。一般而言，訪問像我這樣的作家，氣氛是比較愉快的，我身上既沒有太多敏感話題，也沒有太多不能公開的秘密必須逼問。因此，這個訪談，我其實抱著放鬆的心情與態度面對。

我沒想到攝影機一開錄，李四端就轉移話題，從我幫言承旭寫情書的事開始談起。咄咄逼人問我，情書是寫給誰的？是不是寫給林志玲？內容是什麼？……

儘管我知道這件事情大家興趣很高。不過，因為我是受人之託，因此除非當事人願意公開，否則我實在沒有立場在當事人之前公開問題的答案。因此一開始我有點被迫閃躲，心裡老大不願意地想著：怎麼一開始就聊別人的事呢？而且還是我不好回答的事……

就在我快被逼到牆角時，四端忽然停了下來，問我：

「這樣的節奏你還習慣嗎？」

「可以。」我故作風度地說。（發現自己還真虛偽啊。）

「好，」他對著攝影師說：「那我們正式開始。」

（我愣了一下，原來是個下馬威啊。）

那是一個事後我覺得很流暢、有趣的訪談，果然，該問的問題四端

NEDERBURG
twenty10

一題也沒少問，當然，該回答的我也一點都不馬虎。

在我接受過的無數訪談中，就我記憶所及，這樣的下馬威一共有兩次——都是我的朋友、同時也都是非常優秀的主持人問的。

另一次是幾年前接受蔡康永「真情指數」的專訪。

我和康永算是老朋友了。老實說，他要怎麼採訪我，當時我也非常好奇。我一點也沒想到攝影機開錄，他丟過來的第一個問題就是一個又麻又辣的問題。

「做為一個作家，你有這麼高的收入，你自己是什麼感想？」

我那時心裡想，天哪，這樣問題應該問大企業老闆或富商才對吧？再說，訪問一個作家有那麼多問題可問，幹嘛偏偏挑這種「高難度」的問題開場？

事後證明那又是一個「下馬威」問題。我好奇地問康永：

「當時你問那個問題，你是什麼打算？」

康永說：「我是想確認一下你的狀態，還有你是不是很清醒……」

「噢。」我說。

「還有，」康永說：「我們的交情很好。」

「當然。」我說。

「那時我也想順便提醒你，一旦攝影機開錄了，你就不能指望那個交情可以給你太多依靠了……」

「噢……」我恍然大悟。

不能指望那個交情給你太多依靠。這一點，四端和康永這兩位好朋友的態度是完全一致的。

四端的訪問結束之後我們一起去喝咖啡，他告訴我：「交情的確是訪談節目的一個妨礙。」

「為什麼？」

「因為主持人代表觀眾發問，而觀眾和受訪人之間是沒有交情的。」

噢，原來當攝影機打開時，好的主持人和好的受訪者之間的交情是不存在的。

我這樣說也許苛刻了。換個溫暖一點的說法，這句話應該是：好的主持人永遠是站在觀眾那一邊的。

接受這兩位「無仁義」的好朋友採訪的確應該保持「又愛又怕」的心情才對。畢竟他們的節目都是好看、又叫座的專業好節目啊。

這是在看到節目播出時，不得不打從心底讚歎出來的良心話。

康永，粉絲妹妹要的不多……

前幾天和康永以及朋友J一起去一家餐廳用餐。

我一看到來點餐的女服務生望著康永驚喜、雀躍、緊張的表情，就知道一定又是一個康永的超級粉絲。

粉絲妹妹強作鎮定地替我們點好餐之後，繼續問我們選什麼餐後飲料。

「請問先生餐後飲料點什麼？」粉絲妹妹問我。

「你們有什麼？」

「咖啡、紅茶，還有果汁。」

「咖啡。」我說。

「請問先生咖啡要熱的，還是冰的？」

「熱的。謝謝。」

點好了我的餐後飲料，她又問朋友J：「請問先生餐後飲料點什麼？」

「紅茶。」J說。

「請問先生紅茶要熱的，還是冰的？」

「熱的。謝謝。」

接下來輪到康永了。看得出來服務生妹妹已經興奮得全身發抖，幾乎無法克制了。

她問康永：「請問蔡先生餐後飲料點什麼？」

「果汁。」康永邊看著手上的資料，邊漫不經心地說。

「請問先生果汁要熱的，還是冰的？」

（一聽到這個問題，我嘴巴一口水差點沒噴出來。）

這時康永停了下來，抬起頭，看著粉絲妹妹，用他那一貫的少爺派頭，慢條斯理地問：「難道你們的果汁還有熱的嗎？」

我看到粉絲妹妹整張臉紅了起來。

「沒……」她說：「沒有。」

我敢打賭，如果地上有個地洞，就算裡面有毒蛇她也照樣鑽進去。

康永沒再說什麼，就這樣看著粉絲妹妹有點自責，又有點手忙腳亂地離開了。

我瞪了康永一眼。

（真擔心粉絲妹妹的人生從此是不是遭受重大的打擊……）

康永啊，康永。

你難道不明白，如果被當成偶像的話，你只要抬起頭，微笑，並且溫文有禮地說：「冰的，謝謝。」就可以了嗎？

不鏽鋼桌

我曾經和康永合開了一家名叫ＯＫＥ的網路公司。這次要說的不是那家壽命不長的公司，而是辦公桌。

公司開始裝潢時，大部分的人都選用一般ＯＡ家具，但康永卻不願意用ＯＡ家具。當時，在預算有限的情況下，我們實在買不起名牌，於是康永特別去訂製了一張不鏽鋼桌面的辦公桌。

看到那張辦公桌時，我笑了起來。

康永問：「什麼事那麼好笑？」

「我笑這張桌子不像辦公桌。」

「你不覺得這張桌子很有品味嗎？」康永理直氣壯地說：「為什麼辦公桌一定要長得像辦公桌？」

「你要我說實話嗎？」我說。

「什麼實話？」

「我看到這種不鏽鋼材質的桌面，很難不聯想到醫院太平間或病理解剖室用的那種檯面。」

康永愣了一下。過了一會兒，他說：「你不覺得那·樣·更·帥·了·嗎？」

我搖搖頭。老實說，當過醫生的我真的一點也不覺得。康永也笑了笑，對我的沒有品味，露出一副孺子不可教的表情。

於是有一段時間，我每天就看著康永在那解剖檯似的檯面上，接電話、寫字、批公文、打電腦，總會想起病理科醫師、或者是法醫做著他們的工作。

那時候康永很希望ＯＫＥ能夠經營得很好。因為蔡爸爸是個商業律師，他相信如果能把公司經營很好，蔡爸爸看到了一定會很高興。不過很可惜，這個希望還沒有實現，蔡爸爸就過世了。

蔡爸爸過世那天，我被康永緊急 call 到台大醫院急診室去。我到達時，蔡爸爸已經過世了，因此，除了協助康永處理死亡證明相關手續以及蔡爸爸的後事外，我能幫上的忙實在不多。

等手續都辦完之後，我和康永兩人就在急診室門口等著靈車來接蔡爸爸的遺體。

那是我看過康永哭得最慘的一次。那天，我記他眼睛都哭得泡泡的了。我卻一點也想不出來怎麼安慰他，於是只能坐在那裡看著他哭。

我想了半天，覺得似乎應該和康永說，蔡爸爸這樣離開，沒有折磨，也算是很有福分的一件事。正想說出口時，蔡爸爸的遺體緩緩地被推了出來。

我和康永幾乎都是同時瞄到了推車上那個不鏽鋼的檯面。我不確定康永是不是和我想起了同樣的事，就在那一瞬間，康永看了我一眼，忍不住，噗哧一聲笑了出來。

那是一個有點突兀的笑。可是那時候，我就是覺得完全能夠明白那個笑。

我們兩個人就這樣很有默契地沉默了一會兒，直到工作人員開始搬動蔡爸爸的遺體，康永又難過地繼續哭泣了起來。

我就是忍不住笑了

在不對的場合笑出來，我自己也有。最離譜的是以下這一件。

三十多年前，我祖母過世時，由於家族固有的低調傳統，喪禮當天，儀式是以肅穆哀戚的風格進行的。

不想喪禮進行到一半，會場後方突然來了一群人，在無預警的情況下，聲淚俱下，嚎啕震天。

這群人喧賓奪主的弔唁，立刻惹來親友側目。

我的伯父跪在前頭，轉過頭來問：「這些人是誰？」

沒有人知道。

於是派我的堂哥去問。一問之下，才搞清楚原來是五子哭墓團。

當時台灣南部盛行的所謂「五子哭墓團」，是一種專門在喪禮上製造哭聲的職業團體——儘管我不明白其中的道理，但我相信一定有許多人覺得喪禮哭得越大聲越有面子，才會有這樣的行業存在。

「可是，」堂哥把團長拉到一邊去，「我們沒有請五子哭墓啊。」

「你們這裡不是××路 236 號嗎？」

「我們是 263 號。」堂哥說：「236 號在前面，還要過一條馬路。」

「靠夭！」他抓抓頭，回頭告訴所有的團員，「哭錯家了。」

當時我就跟在堂哥身旁，眼見一個團員眼睛已經哭得紅紅腫腫了。

（說起來還真的很敬業。）

我永遠無法忘記，當她聽見團長說哭錯家時，停下哭聲抬起頭來看著團長，臉上那種「哇哩咧……」的表情。

我和祖母的感情很好，她逝世對我實在是很大的傷痛，可是那個時候，我就是忍不住，在喪禮上，噗哧地笑了出來。

可能因為你自己也很有名吧

有一次被問到，你為什麼會認識那麼多名人？

「你覺得呢？」我反問。

「可能因為你自己也很有名吧。」問我這個問題的人回答。

這個答案乍聽之下理所當然，可是仔細想想，其實不對。事實上，我的好朋友中所謂的名人，在我認識他們的時候，他們大部分都還不是名人。

為什麼很多他們後來都變成了「名人」呢？實在是工作領域的關係。好比說，一個醫生，每天服務的人，或許就只有那麼幾十個人（厲害一點好了，幾百個人）。因此，除非你娶了個明星或老是鬧緋聞上報，否則成為名人的機會就相對地低。

但是，如果是一個作者，每一本書，必須跟幾千甚至幾萬人發生關係。那麼，作家這個行業成為名人的機率就遠比醫師高很多。

進一步，如果你的工作領域是媒體、影視圈或政治界，百萬、甚至千萬粉絲都只能算是正常值。

這大概比較接近我為什麼認識那麼多名人的真實答案了。

例外當然也是有的。

我親愛的老婆雅麗小姐在她牙醫診所執業了二十多年，診所附近都是她的病人兼粉絲。有一次我和張醫師手牽手在診所附近吃飯兼散步，走著，注意到前方有一群人停了下來，轉過頭，其中一個人對著我們指指點點，對著另一個人不知說著什麼。

我心想，可能是我寫了《親愛的老婆》這本書的「名人效應」吧。

就這樣又虛榮、又故作若無其事的表情繼續走，等我們走近了，我聽見另一個人又對另一個人說：「就是那個人，張醫師的老公。趕快看。」

聽見了「張醫師的老公」，我這才恍然大悟，原來在雅麗小姐的地盤上，作家的知名度是比不上牙醫師的。

嗯，少數的例外，的確是有的。

原來更厲害的高手是這樣啊

我在台北之音擔任廣播節目主持時，曾經對馬英九總統做了一次兩個小時的專訪。那時候他才從法務部長卸任，在政大教書。根據過去的經驗，在所有的受訪者中，政治人物是最保守的一群。因此，除了他們曾經發表過的意見，你很難從他們的嘴裡，挖出新的看法或意見。

對政治人物來說，這當然是最安全、保險的做法，但是對主持人來說，這可無聊了。為了打破這個無聊，我決定不按牌理出牌，問些別的主持人問不出來的問題。

於是節目一開始，我就問：

「我想不通，為什麼有人會想學法律？」

馬先生反問：「為什麼？」

我說：「因為律師一輩子面對的不是犯罪、就是糾紛。一天到晚上法院幫人吵架，心情一定不好。」

律師的工作不只這麼多，我當然知道。只是，為了引出精采的答案，我必須找有哏的話題才行。就在我期待接下來馬先生怎麼接招時，他忽然說：

「我才想不通呢，為什麼有人想學醫？一輩子面對的不是死亡、就是病痛。一天到晚聽人哀號、呻吟，心情一定更不好。」

照樣造句還造得這麼有殺氣的，還真是首度遭遇。只是，現在球又回到我的手裡，我不得不接招，於是我說：

「馬先生看到的、聽到的是哀號、呻吟，但我看到的卻是可以把病人從病痛、死亡中恢復健康的機會。」

馬先生不甘示弱，立刻回嘴：「侯先生看到的是犯罪、糾紛，但我看到的卻是可以幫助弱勢、為大多數人伸張正義的機會啊。」唉，又是照樣造句。

眼看繼續纏鬥下去就要變成一場爛仗，我決定見好就收。於是我說：「看來我們都是很樂觀的人，總是看到事情的光明面。」

「是啊，侯先生和我都是很樂觀的人。」

接著，我們像是簽了和平協議的兩個人，沉默了幾秒鐘，然後，笑了起來。

差不多就在那一剎那，我忽然理解到，不管你用什麼辦法，要說得過一個律師，幾乎是不可能的。接下來的專訪我改變策略，沒有提太多政治的問題，改走親切、家常路線。我問了他當年怎麼追夫人周美青的往事。

馬先生告訴我，周美青是他妹妹北一女的同學。他們墜入情網是因為出國留學前一次郊遊露營時，兩個人在帳篷中聊到深夜。

馬英九先生告訴我：「那個晚上的談話，我完全被她折服。那次的談話，我發現她是一個非常有想法、有看法、有智慧、有內涵的女人，從此開始追求……」

我簡直被「折服」這個概念吸引了。一邊發問，我一邊想，如果一開場時，我花了那麼大的力氣，只落得了個「平手」的和平協議。那麼，那個晚上，周美青小姐到底說了什麼觀點、內容，可以「折服」眼前這個學法律的人？

做一個稱職的主持人，我當然要追問。

可惜馬英九先生想了一會，只是笑著回答我：「那個晚上到底聊什麼，老實說，現在也不記得了。」

這個懸疑一直在心中，要等到過了好久之後，我才有機會得到解答。答案是這樣的。

根據周美青夫人的說法：「那個晚上啊，都是他一個人在講，我在聽啊……」

噢，我恍然大悟。

原來更厲害的高手是這樣啊……

你就是那個寫書的侯先生？

我還在公立醫院服務時，曾有一次去婦產科病房做麻醉訪視。不知道為什麼，一進門，一屋子的家屬一個接著一個無聲無息的離開，只剩下家長。等我做完所有的訪視程序並且填好訪視單要離開時，忽然被叫住了。

「侯醫師，請留步。」

我停了下來，以為他還有問題。沒想到這位先生直接拿出一個紅包往我的白袍大衣口袋塞。

「一點小小的意思，請多照顧我的太太。」

一看到紅包，我立刻拿出來還給他。我說：「我在醫院服務這麼久，從來沒有收過一個紅包。再說，收受紅包是違法的……」

於是我們兩個人就這樣，在病房裡，花了很多時間推來推去，直到這位先生確定我是真的不收，而非只是作姿態，才停了下來。

「果然不收紅包，」他似乎有點落寞，隨後迸出了一句我只在日本卡通聽過的語法，他說：「不愧是侯文詠醫師啊。」

就在那一剎那，所有那些消失了的其他家屬，一個一個都從門後出現了。

「他們都是你忠實的讀者呢，聽到你是媽媽的麻醉醫師，興奮得不得了，早把書都帶來了，」先生說：「你可以幫他們簽名嗎？」

訪視病人簽名雖不是很恰當的時候，可是在這樣的情境下，站在視病猶親的立場，我似乎也沒什麼道理推辭。

於是幾乎是我的全集的十多本書被從櫃子裡面拿了出來。

我邊簽名邊抱怨：「你們不是我的讀者嗎？既然讀過我的書，應該知道我的人格，幹嘛還塞紅包呢？」

「侯醫師，讀你的書我們當然知道你不收紅包，」這位先生面帶幾分抱歉的表情，淡淡地說：「可是，你知道的，很多寫書的人和他書上寫的完全不一樣……」

還有一次，是深夜十二點多和友人開車在馬路上，肚子餓了，遠遠見到前面馬路左轉就是夜市，一時見獵心喜，就左轉方向盤，沒想到汽車才轉入夜市街，迎面而來就是招手的員警先生。

我把汽車停下來，搖下了窗戶。

「先生，這樣左轉是違規的，你知道嗎？」一個年輕的員警彎下腰

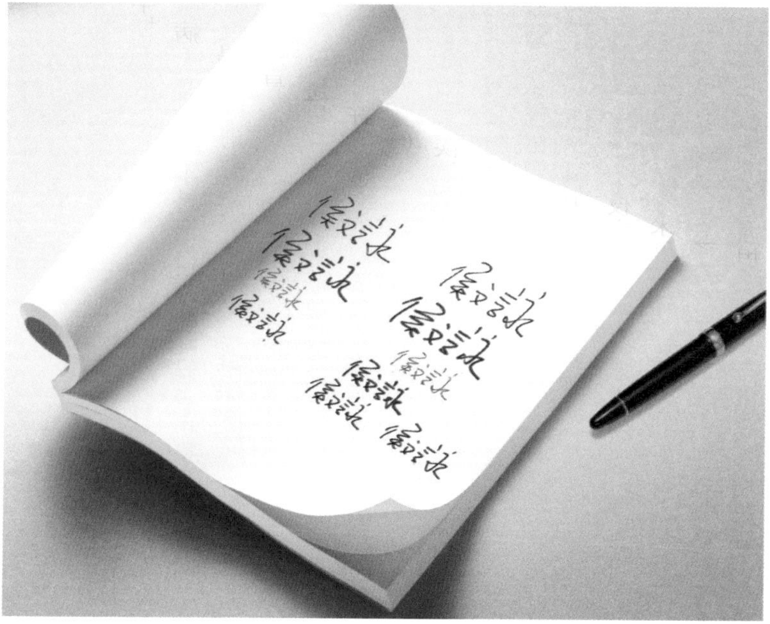
假說
假說
假說
假說
假說
假說
假說
假說
假說
假說

對我說：「麻煩行照、駕照拿出來看一下。」

啊，違規？我乖乖地交出了行照、駕照。實在是肚子太餓了，根本沒看到什麼禁止左轉的標誌。

員警看了我的證件說：「你就是那個寫書的侯先生？」

我點點頭。注意到另外一個員警也過來看了看證件，又看了看我。他跟拿著證件的同事耳語了一些不知道什麼。拿著證件的人也回頭跟他咬了咬耳朵。

沒有比這樣的情況更令人不安的了。作家也是人，既然是人就可能違規。違規的時候，最不希望碰到的是警察——特別是警察又是你的讀者的時候。

過了一會兒，警察先生終於轉過頭來。

「侯先生書寫得不錯噢，」他露出笑容，把證件還給我，「下次開車請小心噢，這裡是不能左轉的。知道嗎？」

我點點頭。

他揮了揮手，做了個要我離開的動作。

就這樣？我愣了一下。

「走啊。」汽車上的朋友催促了一下，我才恢復過來，於是踩了油門，把汽車開走了。

等到汽車開遠了，朋友得意地說：「真羨慕你，連員警都是你的粉絲。」

本來還有一點小小得意的，可是朋友這麼一說，我開始有點後悔了。我寫的許多書，像是《白色巨塔》，內容是關於權力運作的共犯；像是《危險心靈》，談的是關於教育的共犯結構……如果是我的粉絲，也喜歡我的作品的話，照說，應該要依法處理，我也應該欣然接受才對，現在我們變成了權力的共犯結構……

在我發了一些牢騷之後，朋友立刻調侃：「你現在再把汽車開回去，堅持叫他開罰單，他一定會覺得你有神經病。更何況，如果真是你的粉絲的話，人家是一番好意，你卻跑回去教訓人家，叫他們情何以堪？」

「可是我還是覺得很矛盾。」

「你別矛盾了。粉絲對你這麼好，是對你寫作的肯定，如果我是你，」他說：「我會很慶幸，幸好自己寫的不是爛書！」

哎喲。雖然話是這樣說，可是我還是覺得有些矛盾。

我終究沒有再把汽車開回去找那兩位波麗士大人，要求他們非罰我不可。但是開著汽車的一路上，我都在想著飯島愛小姐在蔡康永的訪談中說過的一句話：「蔡先生，像你這麼聰明的人一定明白：人生就是由一連串的矛盾組成的啊。」

人生矛盾我當然明白，可是心情並不因為明白了，就可以把負擔全都拋開啊。

你說我這樣是不是真的很瞎？

因為作品《白色巨塔》改編成電視連續劇的關係，認識了言承旭。之後還因為一些別的事情熟了起來。言承旭當然是個超級大明星。不過，認識久了，你會發現，他求好、求完美的性格，絕對比他的大明星光環更巨大、堅強。

「侯大哥，」有一次言承旭忽然對我說：「你說我這樣是不是真的很瞎？」

事情是這樣的，言承旭前一陣子出席了日本一個典禮，並且領了個超級偶像級的大賞。領完獎後，主辦單位善意地安排了他去名店瞎拚、買衣服。主辦單位本來打算清場讓超級巨星瞎拚，可是大明星堅持他一貫的親民作風，不讓主辦單位這樣做。

由於不是公開行程，加上主辦單位謹慎的作風，因此購物當天，除了少數媒體記者外，並沒有太多熱情的粉絲出現，否則那家小小的名店大概就會被擠爆。

儘管如此，我們的大帥哥 Jerry 還是遭遇了困難。

「我在那家店裡逛了半天，沒有挑到中意的衣服。可是人家那麼熱情，我心想不買的話，好像很不好意思，」Jerry 說：「問題是，如果亂買，又覺得太不忠於自己了。更何況，如果粉絲看了報導，也要跟著買的話，那我可是有責任的……」

這麼一想，Jerry 的完美個性又開始發作了。總之，事情只要和完美、責任扯上關係，對大帥哥來說，逛街就不再只是逛街那麼簡單的事了。

他花了很多時間，左挑右選，眼看一切就要絕望時，老天保佑，他總算發現一個看起來有型、又討人喜歡的皮包。

「總算得救了。」他拿去照鏡子，果然很搭配。

言承旭請隨身翻譯去問日本店員皮包價格。

日本店員聽完翻譯的話之後，露出畢恭畢敬的表情，指著稍遠處一個打扮入時的男人，嘰哩呱啦不曉得跟翻譯說了一些什麼。說完之後，她還立刻跑到那男人面前，不斷地向他鞠躬。還指了指 Jerry 這邊。

Jerry 看見那人回過頭，禮貌地對他點點頭、笑了笑。我們的大帥哥也很優雅地回應、點頭。

「看他的穿著打扮，我心想，他應該是老闆之類的吧……」

沒多久，女店員同翻譯一起走了回來。對 Jerry 又是深深一鞠躬。

「怎麼樣?多少錢?」

翻譯面有難色。支吾了半天,終於說:

「對面那位顧客說,他剛剛試衣服的時候把皮包放在外面,被你拿走了。」

Jerry 整張臉都紅起來了,恨不得有個地洞可以鑽進去。

他趕忙把皮包還給翻譯,翻譯又交給店員。店員悄悄地把皮包還給了那位先生。等日本人拿到皮包時,大明星深深地對他一鞠躬,日本顧客也很客氣地,對他微笑、一鞠躬。行禮如儀之後,趁著沒有人注意時,無聲無息地離開了。

守在一定距離之外的採訪媒體,似乎沒有人發現這件事。

「哎呀,真是糗死了。我還拿著包包去照鏡子呢!侯大哥,」言承旭自嘲地說:「你說我這樣是不是真的很瞎?」

我點了點頭。的.確.是.很.瞎。

不過,日本顧客這麼低調又體貼的風格發出了一種閃光,照亮了全場。在這麼優雅的氛圍裡,大帥哥看起來,似乎也沒有他自己感覺的那麼瞎了。

為什麼我打針都是打屁股？

還有一次，言承旭發了封簡訊給我，寫著：

侯大有沒有認識「臉的醫師」？

由於簡訊語意模糊，我立刻打電話關切。一問的結果，發現原來是牙齦感染，併發蜂窩性組織炎，臉腫了起來。

「臉」對於演員來說，當然非同小可。我立刻聯絡了醫師朋友幫忙處理。

一般而言，對付這樣的感染，讓病人住院，打上點滴，從點滴裡面連續給予抗生素注射當然是最理想的處理方式。不過考慮到大明星到大醫院住院可能引起的騷動，以及驚動狗仔，我特別情商我的醫生朋友，讓他每天去小診所報到，讓小診所的護士給他做肌肉注射。

就這樣差不多打了幾天抗生素，診所放假了。Jerry 問我，假日期間，他可不可以從診所把針劑領出來，到我家來，請我幫他注射。

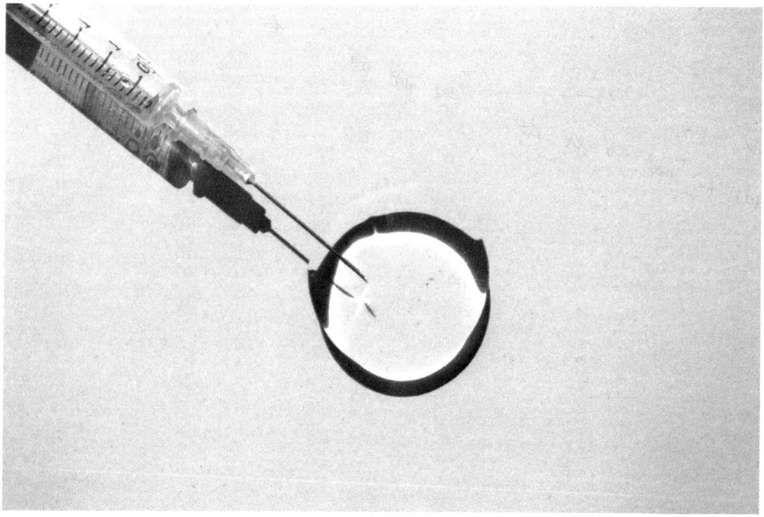

這當然沒有問題。

那天晚上，他到我家來，第一次抽好藥物、泡好酒精棉花後，我說：「Jerry，麻煩你把袖子捲起來。」

「啊？」

「對啊，把袖子捲起來啊，我要幫你注射手臂。」

他邊把袖子捲起來，邊滿臉疑惑地問我：「侯大哥，打針還可以打手臂啊？」

「本來就打手臂啊。」我說：「不然你都打哪裡？」

「我都是打屁股的啊，」他說：「我需要脫褲子嗎？」

我搖搖頭。「我對你的屁股沒有特別的興趣。」

一邊在他的三頭肌塗抹酒精，一邊注射的同時，我問：「護士小姐每次都給你打屁股？」

「嗯。」

做完注射，他又問：「可是，如果打手臂也可以的話，為什麼護士小姐每次都給我打屁股呢？」

打屁股？我想了一下。

我介紹的診所是內兒科診所。小兒科訓練出來的護士，的確是常給病人打屁股。這樣做的理由是因為小孩子手臂肌肉少，打手臂容易造成神經、或血管的傷害，因此常採用臀部肌肉注射。只不過，換成大人——特別是手臂肌肉那麼壯碩的明星，這個顧慮顯然是多餘的……

除此之外，如果還有別的理由，自然而然，我就想到了護士小姐的福利了。你想，平時排隊好幾個小時都還未必能得到簽名留念，現在卻是理直氣壯地讓偶像在面前輕解羅衫……

當然，話又說回來，如果堅持非打屁股不可的話，從學理上看來，似乎也沒有什麼說不過去的地方……

看我發了一下愣，Jerry 問：「侯大哥，你在想什麼？」

我說：「打屁股當然也不是不行啦……」

為了不要造成不必要的醫病糾紛，我沒有再說下去了。從某個角度來說，大明星的病治好了，護士小姐的福利也有了，這實在不是什麼壞事。

最好笑的是跟我的朋友 Mr. K 說這個故事時，向來自認帥哥的 Mr. K 恍然大悟說：「原來帥哥都是打屁股的。」

「為什麼？」

「因為從小到大，我也都只被護士打過屁股。」

唉。真不知該說什麼才好。

看他一臉自我感覺良好的表情，長大後只被打過手臂的我只好搖頭說：「好啦，帥啦，帥啦，跟大明星一樣帥啦。」

帥啦，帥啦，跟大明星一樣帥啦

對了，事後聲明一下，這句譏諷意味十足的話，真要說的話，是我聽來的。

事情是這樣的。那天約了一個新認識的朋友見面。走在路上，經過路旁一輛廂型車時，暗色窗戶閃過自己的影像。走了沒幾步，心想，正好可以整理一下儀容。

於是我走回去，對著窗戶開始撥弄頭髮。

說時遲那時快，就在這個無人知曉的時刻，廂型車的電動窗戶竟然搖了下來。等我意會到怎麼回事時，已經來不及了。

搖下車窗的汽車裡，露出裡面三個小鬼的鬼臉表情，嘻皮笑臉地叫嚷著：

「帥啦，跟大明星一樣帥啦。」

嚇得我花容失色，抱頭鼠竄。

唉，這句被我用在 Mr. K 先生身上的台詞，就是這樣聽來的。

卷二

看電影可以不要尖叫嗎？

爸爸，原來我們是愛情的鍾……

就先從一件關於 Kimberly 的小事說起吧。

Kimberly 是華裔的泰國長髮美女。她的語言流利程度依序是泰文、英文、中文。前一陣子為了把中文學好，跑去上海念了一陣子書，中文頗有進步。

由於媽媽是泰國出版社老闆，因此當我為泰文版書去泰國做宣傳時，她就被指派了負責招待我的任務。不但如此，Kimberly 媽媽覺得好不容易碰到了華文作家，因此，規定她只·能·和·我·說·中·文。

說中文對我當然很方便，不過有時候，當我和 Kimberly 中文溝通不清時，只好說英文。對我來說，中文比英文好用，但和 Kimbely 溝通時，算是少數我覺得英文比中文好用的時刻。

由於 Kimberly 在大陸學的是簡體中文，Kimberly 告訴我她姓「钟」。她去問大陸老師「钟」什麼意思，大陸的老師告訴她，「钟」是時鐘的意思。

她用濃濃軟軟的泰國腔問我：「可是，我們為什麼姓時鐘的钟呢，我也不知道？」

我告訴她：「你姓的不是時『鐘』的钟，而是一見『鍾』情的钟。簡體字雖然是同一個字（钟），但繁體字完全不同。」

「一見鍾情，那是什麼意思？」

「fall in love at first sight。」

「你是說，我的姓，不是clock，是fall in love的意思？」

「是啊。你是一見鍾情的钟。」

「啊，真的？」她說：「我活了這麼久，一直以為我是時鐘的钟。」

我搖搖頭。「當然不是時鐘的钟。」

「啊！」她長長地呼出一口氣，像是驚歎，又像是如釋重負。

一路上，她變得心花怒放。一見到人就雀躍又嬌滴滴地說個不停。

「我好高興噢，原來我有一個這麼浪漫的姓。」

晚上吃飯時，一見到爸爸，Kimberly就說：

「八吧（爸爸），我好高興哦。原來我們姓的不是時間的鐘，而是愛情的鐘，我好喜歡噢。原來我們是愛情的鐘，不是時間的鐘。」

哈，我們是愛情的鐘，不是時間的鐘……

（我忍不住想著，沒有時間的鐘，哪來愛情的鐘呢……）

離題了。總之，這麼小小的事，可以讓Kimberly這麼高興。我也跟

著莫名其妙地開心起來了。我就這樣聽她溫柔地叫嚷著，愛情的鍾，不是時間的鐘，是愛情的鍾、愛情的鍾……彷彿是滿天噹噹噹的愛情，擺脫了時間，在腦海裡迴響著。

流浪的蝦醬

再說一個小小的、令人開心的事。

自從我在泰國陸續發行了泰文版之後，竟然在泰國也有粉絲了。我的泰文大概除了你好、謝謝、再見之外，就掰不出別的句子了。現在感覺到跟你語．言．完．全．不．通．的人竟然也對你的人生如數家珍，一種作家的人生真是不可思議的感覺油然而生。

故事得從我的泰國粉絲說起。

事情是這樣的。我有一個泰國的粉絲，聽說了我和雅麗到泰國去，很喜歡泰國醬料做出來的各式料理，特別買了三大罐她認為「全世界最好吃」的泰式蝦醬，透過關係，請泰國 Banlue 出版社可愛的老闆娘轉送給我。於是 Banlue 的老闆娘寫了封 e-mail 問我住址。

過去，我們家雅麗小姐當牙醫師，不時有病人送她小禮物，每次她總是「裙襬有風」地帶回家來和我「分享」。現在總算好不容易，我也有一點小小禮物可以「驕其妻妾」，因此，當然很開心，想都不想，立刻回信附上住址。

接下來，Banlue老闆娘跑了一趟郵局，發現不得了了。原來，蝦醬在泰國不貴，但一打聽之下，郵費竟高達蝦醬本身價格的十倍有餘。本著泰國人勤樸務實的天性，老闆娘決定，反正我的譯者Beer（不能唸成啤酒的讀音畢爾，重音在後面，Be'er，聽起來比較接近筆葉）先生不時會來台灣的機會，因此她決定，不如等Be'er來台灣時，再託他帶給我就好啦。

這本來是很明智的決定，不過問題來了。由於Be'er先生來台的時間一直不確定，但蝦醬過期是會壞掉的。為了不浪費掉那三罐全世界最好吃的蝦醬，Banlue老闆娘只好每一陣子就打開一罐蝦醬來吃，就這麼一直吃蝦醬，直到Be'er先生的行程終於確定了，老闆娘發現三罐蝦醬都已經吃完了，必須趕緊補貨。

這一補貨，問題來了。原來「全世界最好吃」的蝦醬必須跋山涉水到很偏遠的地方才買得到。本來，買罐不同廠牌的蝦醬補上，我這個蝦醬業餘人士也就很高興了啦。但泰國人對蝦醬有他們獨特的堅持。老闆娘心想，既然是粉絲熱情之所託，怎麼能不拿到一·模·一·樣·的蝦醬呢？

總之，老闆娘又動員了人力、物力，大費周章之後，好不容易總算弄到一模一樣，而且是新鮮的三大罐蝦醬。

接下來，任務就交到 Be'er 先生手上了。

Be'er 先生當然很樂於幫忙帶蝦醬給我。但問題是：住在單人公寓的 Be'er 先生屋子裡是連台冰箱也沒有的。由於離啟程到台灣還有一個禮拜，Be'er 只好把蝦醬放在家裡。

過了幾天，Be'er 先生越想越覺得不對勁。他擔心蝦醬到了台灣，當我打開時，萬一是臭掉的，怎麼辦？於是 Be'er 先生也開了一罐試吃。謝天謝地，總算沒壞。

吃了蝦醬之後，Be'er 先生決定，剩下的兩罐蝦醬，無論如何，一定得放到冰箱去了。

這當然是個明智的決定，只是，在泰國蝦醬這麼普遍，到處都買得到，向人家開口說：「可不可以借你們家冰箱放兩罐蝦醬啊？」人家一定會覺得你很奇怪。在說不出口，又不好意思回去找 Banlue 老闆娘情況下，Be'er 先生決定硬著頭皮去向他住在曼谷郊區的女友借．冰．箱。

所以，Be'er 先生抱著兩罐蝦醬，坐了一、兩個小時的車，去把蝦醬放在女友的冰箱裡。到了要搭機來台灣那天，他又坐了一、兩小時的車，去女友那裡，把蝦醬拿出來，再搭一、兩個小時的車到機場搭飛機。

這期間，Be'er 先生還不斷地透過電話、網路，試圖補貨，買齊那瓶被他吃掉的蝦醬。他的結論也和 Banlue 老闆娘一模一樣：

「全世界最好吃」的蝦醬實在太難找了！

這麼一來，Be'er 先生只好帶著內疚的心情，把剩下的兩大罐蝦醬打包，坐上了飛機。他打算一見到我就向我認罪，並且保證下一次，一定找到那罐「被他吃掉」的蝦醬，補送給我。

就在昨天晚上，我見到了 Be'er 先生，也請他吃晚飯。他一邊吃一邊告訴我這個故事，臉上全是忐忑不安的表情。

我安慰他說：「你不要擔心啦，剩兩罐蝦醬就兩罐蝦醬，我真的很開心的啦。」

沒想到這麼一說，他更忐忑了。扭捏了半天，才跟我說：

「侯大哥，真的很對不起。」

「我要跟你說謝謝都來不及呢……」

他鼓起了勇氣，打斷我說：「可能是冰箱太冷，飛機貨艙又太熱了，我住進旅館，打開行李，發現蝦醬罐全爆開了，糊成一片……連我自己都不曉得該怎麼辦，真的很對不起！」

我先是愣了一下，然後開始哈哈大笑，我簡直笑得眼淚都要掉下來了。

眼淚之所以快掉下來有兩個理由，一個是好笑，一個是感動。被一種說不上來的誠懇與認真感動了……

「Be'er，蝦醬你雖沒有帶到，但心意我卻滿滿地感覺到了……真的很謝謝。」

就這樣，我收下了這個來自遙遠的地方，看不見卻又彌足珍貴的禮物。

一整天下來，我還不時想起這個禮物。這真的很神奇，到目前為止，我經歷過最美味的蝦醬，應該就是這三罐我連看都沒看過的蝦醬了！

罰寫自己的名字五千遍

每次發新書時，都會被書店要求為首發的預售書簽名。因為是開心的事，因此，每次我幾乎都有求必應、來者不拒。

幾年下來，我發現：簽名書的數量越變越多。

倒不是我變得更受歡迎，銷售的書越來越多——通路覺得有簽名的書更好賣。出版社老闆有時會一臉抱歉的表情告訴我，實在是因為幫甲書店簽了兩千本，所以乙書店也希望有兩千本的簽名書。自然丙書店也覺得如果沒有簽名書，在預售的銷售上就吃了虧，因此……

不知道大家有沒有連續簽自己的名字五千次的經驗，簽五千次自己的名字真的是很多啊，侯文詠、侯文詠、侯文詠、侯文詠……我一邊簽得腰痠背痛、手指發抖，一邊會想起，這個時候，如果自己是像日本作家叫乙一，該有多好……

這樣的簽名和所謂的「為讀者簽名」完全不同。我覺得自己像是一台印刷機，機械性地做著同樣、重複的印刷，完全不知道讀者是誰，也完全不知道簽名的心意是什麼。更何況，讀者喜歡一本書應是書的內容啊，和作者有．沒．有．簽．名．應該是一點關係都沒有的才對啊。

我的編輯文蕙安慰我：侯大哥，這表示你很受歡迎。如果像你這樣，只要簽一本就可以賣一本，我相信一定有作者，寧可坐在這裡簽一輩子的名。

照說，聽到這樣的鼓勵，我應該覺得很慰藉才對。可是我卻不知惜福，完全無可抑遏地就想起小時候犯了錯，被老師罰寫國語生字的事。

因此，這次出版新書，當出版社拒絕了一些書店預售簽名的要求，體貼地跑來和我商量：「這次只簽三千本。」就好時。我仍然皺了皺眉頭，心裡小小地嘀咕了一下。

我本來以為這次，我一定又是邊發牢騷，邊簽完這三千本書，直到發生了一件小小的小事，改變了我的想法……

事情是這樣的。那天和愛米粒小姐一起吃早餐。愛米粒小姐負責出版社的海外版權事務，才從巴黎出差回來沒有多久。

「這次在巴黎見了米蘭．昆德拉，我幫你帶回來一個小小的禮物。」

她從包包裡拿出一個透明夾，從夾子裡面小心翼翼拿出一張紙條，遞給我。

紙條上面是一個像是包覆著細胞膜的一對眼睛，其中一隻眼睛還長著長長的睫毛。我注意到上面還寫著法文。最上面一行是：Pour Wen Yong（給文詠）。最下面一行的落款是：Milan Kundera（米蘭・昆德拉）。

像這樣。

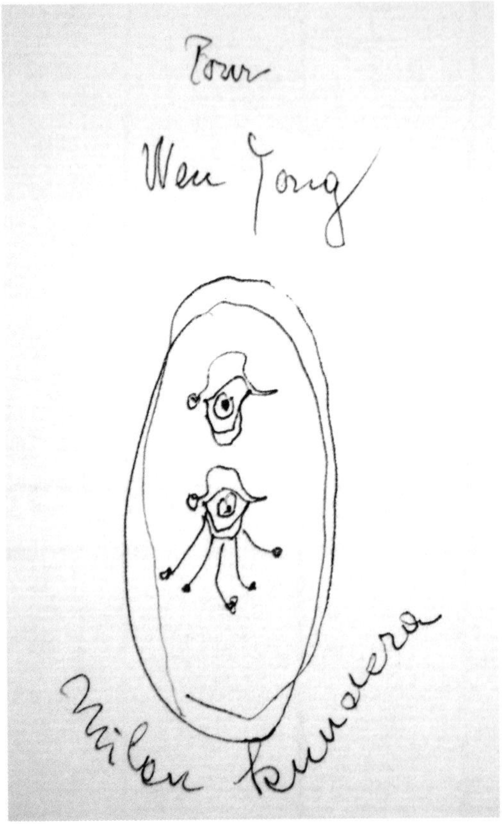

米蘭・昆德拉?!我超愛的作者。

「給我的？」我問。

愛米粒小姐點點頭。

「天啊，我有米蘭・昆德拉的簽名了！」

我興奮得顧不得早餐店所有人異樣的目光，當場站了起來，瘋狂地又叫又跳地轉圈。

等我慢慢安靜下來之後，才想到，昆德拉先生簽名字的時候應該不知道我是誰吧。更別說我拿到簽名時，這麼興奮的模樣了。

這麼一想，我忽然想到，或許有人拿到我的簽名書時，也會像我現在一樣這麼開心吧。

於是，我改變主意了。

就這樣，今天我又乖乖地開始為自己的新書首發預售簽名了。

我哼著小時候學的兒歌：「一隻小蝸牛背著那重重的殼，努力、努力。努力往上爬，不怕困難多、不怕路途遠，嗨喲、嗨喲……」就這樣，花了兩天的時間，終於手臂發麻、肩膀僵硬地把三千本書都簽上了自己的名字。

無論如何，罰寫自己的名字三千次絕對不是一件好玩的事。不過簽書的過程中，腦海不斷浮現自己拿到昆德拉簽名時，在早餐店又叫又跳瘋狂轉圈的模樣。

「一定有人拿到書的時候，像我那天一樣開心的。」

我不斷地這麼激勵自己。

叫大師罰五百

前幾天應成功大學的邀請演講。到了現場，才發現演講會場的布置上寫著：「與大師對談」，心中一驚。說到「大師」啊，不知道為什麼，直接的反應我就想起海龜。

演講一開始，我就覺得關於「大師」，我有話要說。

於是我說了以下的故事。

我第一次被西巴丹吸引，就是看到海報上海龜在西巴丹的海域自由自在地游泳的畫面。於是，當我終於拿到潛水執照時，第一次出國潛水，就選擇了馬來西亞的西巴丹。

可以想像，當我第一次下到西巴丹水域，看見數百隻的海龜悠游地在水中遨遊，那種興奮得猛按水底相機快門的心情。無獨有偶，晚上分享潛水見聞時，大家秀出自己的照片時，我發現每個人的照片中，也都充滿了海龜。

這本來是很愉快的經驗。不過接連幾天潛水下來，晚上分享照片時，海龜變成了無可避免的存在。每次在電腦上播放照片時，或許因為見多了，海龜不再像第一天那樣引起我們的大驚小怪。

到了第四天，面對著螢幕上無所不在的海龜照片時，終於有人發出了一聲嘆息：「又是海龜。」

我提議：「這樣好了，下次拍到海龜的人罰五百。」

才說完，大家紛紛響應，覺得這真是個好點子。於是「拍到海龜罰五百」變成了那趟旅行，最好玩的事情之一。

接連幾天下來，要完全排除掉海龜的身影，似乎是一件很不容易的事情。儘管我極力避免，總還是有一些海龜不經意地出現在畫面中。算

了算，那趟旅程，我一共被罰了三千五百元。

或許我心中對海龜小小的恐懼是那樣來的。

那趟旅行之後，有一天我在家裡看電視，不知為什麼，拿著遙控器轉來轉去，似乎很容易就發現到電視裡面有人稱呼別人、或自稱「大師」。我們家雅麗小姐嘆了一口氣，很有默契地說：

「這樣吧，誰轉到大師誰罰五百。」

於是我們又開心地玩了起來。

「所以，大師這件事到此為止了，」我說：「從現在開始，只要聽過這場演講的同學，叫『大師』罰五百。」

說完，同學響起了一陣掌聲。

掌聲中，我想到的其實是，所謂的大師，應該是每個人內心世界對自己未來的期許，而不是任何外在的人或者海龜。因此，真正的「與大師對談」應該是用心地對待自己內在那個對自己未來的期許，並且不斷地與之對談。

說完了這些，我內心的不安少了很多。接下來，我總算可以好好開始那天的演講了。

昨天晚上，發生了什麼事？

那次是在北海道下雪的夜晚。

由於場面太 high 了，以至於所有一起旅行的朋友都喝得醉茫茫的。我在醉到不省人事之前，最後的印象是被一個熱情又迷人的太太 Daisy 在榻榻米上追吻。

（她宣布不能獨厚自己老公，要把熱情傳遞給在場所有男士之類的……）

隔天宿醉醒來，想起這一段，立刻問我親愛的老婆：「昨天晚上，發生了什麼事？」

雅麗說：「你不記得了啊？昨天晚上，我扶你回來房間睡覺……」

我聽了有點緊張，說：「在那之前呢？」

「Daisy 不是追著大家吻嘛……」雅麗說：「你被吻了，你知道嗎？」

我抓了抓頭，心虛地說：「是有印象，不過記不太清楚了。」

「後來你做了什麼，你真的不記得了嗎？」

我搖搖頭。

「你真的什麼都不記得了嗎？」雅麗又問。

我心想，完蛋了。

雅麗停了一下子，對我來說幾乎是天長地久那麼久的一下子吧，才說：「你被吻之後，竟然追著Daisy的老公，說要把吻還給他，」雅麗開始大笑起來，「哈哈哈，你喝醉酒之後還滿正直的嘛……」

還．滿．正．直．的？

呼。原來喝醉了酒之後，我還滿正直的……

真是捏了一把冷汗啊！

弟弟的血型

今天在席間來了個星座血型專家，於是大家自然談起了星座、或血型、還有個性啦、男女交友這類的事……

大家正熱鬧地起鬨著，忽然有人對著發愣的我丟過來一個問題：

「那侯大哥，你到底相不相信血型和星座這類的說法？」

我？我其實也沒想認真思考過信或不信的問題。

「那你剛剛在發什麼愣呢？」

我只是忽然想起關於我弟弟血型的事……

一直到十八歲之前，不曉得到底是弄錯了還是怎麼回事，我弟弟一直以為自己的血型是O型。書上說O型血型的人個性堅毅，對事冷靜，較講求客觀公平。結果我弟弟表現出來就是那種酷酷的模樣。

好笑的是，我弟弟上了大學以後，無意中在某次身體健康檢查發現自己竟然是B型血型。他大吃一驚，原來這個錯誤持續了十八年之久。他在拿到檢查報告之後，立刻跑去查書。書上說：B型的人傾向開放、樂觀、好動。喜好社交、活動。口才佳、善解人意、人緣好、不拘小節……

「啊，」他恍然大悟地告訴我：「原來我是這樣的人。」

從此我弟弟變成了另外一個完全不一樣的人。他不但積極加入社團，熱心參加活動，還變得喜歡發表意見，幫忙別人。他不但當了班代表，還得了許多獎，並且當了社團的社長，變成了一個和書中形容B型個性一模一樣的人。我們都感到非常驚訝。

我弟弟長大之後，又讀了博士，在研究室工作，目前已經是醫學院裡的教授了。

我忽然想，如果他一直沒發現自己是B型的血型，另外那個一直是O型的弟弟的人生，不知道會變成什麼？

正在想著的時候，就被大家察覺，說我在發愣了。

看電影可以不要尖叫嗎？

不知道為什麼，很多女生看驚悚一點的電影都超會叫的。最典型的例子就是我們家親愛的老婆，雅麗小姐。

每次和她一起看驚悚電影時，我都比她更緊張。

好比說，銀幕上壞人出現了，一步一步靠向好人……雅麗小姐就開始全身僵硬，然後抓緊任何她可以抓到的東西——通常是我的手。壞人越靠近，她就抓得越緊，指甲還會掐進我的肉裡面。等到壞人一發動攻擊，她立刻開始尖叫。

「啊！」

她一尖叫時，會反射性地掐我的肉，完全無法自抑，我如果試圖脫逃，那只會落得皮破血流的下場。更糟糕的是，如果壞人連續發動攻擊，她會越叫越大聲，越掐越暴力。

不但如此，雅麗小姐的反射動作還會隨著電影的方位有所不同。好比說：恐龍從左側攻擊，她就會撲向右側，如果從右側攻擊主角，她就會撲向左側。最誇張的一次是主角在屋頂，恐龍從屋子裡往上撲，雅麗小姐不但大叫，還從沙發椅上跳了起來，好像恐龍咬到的是她的屁股一樣。

因此，和雅麗小姐一起看驚悚電影真的很可怕。儘管有這麼多埋怨，但懾於雅麗小姐的淫威，我也不敢發作。

最近我們兩個人一起去看了一部電影，銀幕上出現了主角被牙醫師拔牙的畫面，結果雅麗小姐也掐我的手，開始尖叫。這可就真的太離譜了——大家要知道，雅麗小姐自己是個牙醫師，每天都拔別人的牙齒。

「喂，你每天都在拔別人的牙齒，這樣也要尖叫，未免太誇張了吧。」

「對噢，」雅麗小姐發現了新大陸似的問：「我在診所拔別人牙齒時為什麼不會尖叫？」

我說：「因為別人的疼痛是不會痛的。」

「可是，為什麼看電影時，也是別人的疼痛啊，為什麼我會尖叫呢……」雅麗想想，恍然大悟，「因為我把自己想成病人了！」

我突然腦中靈光閃現。

「如果看電影的時候，你想像自己是那個拔牙的牙醫師，而不是被拔牙的病人，你就不會尖叫了？」

「應該是這樣吧。」雅麗說。

「所以，如果看恐龍電影時，把自己想像成恐龍要咬別人，應該就不會跳起來了吧？」

「嗯，好像真的是這樣。」

「這就對了嘛。」我說：「下次看驚悚電影時，你可以把自己想成加害者。」

於是，我們去租了各式各樣的驚悚片，包括鬼啦、蛇啦、怪獸啦，通通拿回來「練習」。大概「練習」了兩、三部電影吧，情況改善很多，但雅麗小姐卻變得意興闌珊。

「怎麼了？」我問。

「這樣都變成了配角，雖然不尖叫，可是卻一點樂趣也沒有了。」

「怎麼會沒有呢？」

「問題是：鬼有沒有抓到人，蛇有沒有吃飽，我才不在乎呢……這樣的電影，有什麼好看的？」

好了，你明白了吧。

最近我去買了手套、還在長袖底下打了彈性繃帶，全副武裝地陪著老婆看驚悚電影。總之，就讓她們繼續尖叫吧。沒有更好的辦法了。

可惜我們不能那樣認人

除了尖叫外，雅麗小姐有一樣特異功能，無人能及。

有一次出外旅遊，正在萬里長城上漫步時，忽然來了個人，對著雅麗小姐喊：「張醫師，張醫師。」

雅麗小姐回頭看喊她的人，有點茫然。

「我是你的病人啊，你不記得了？」

雅麗立刻說：「張開嘴巴，我看看。」

那人當場張開嘴巴，露出牙齒來。

雅麗小姐看了一眼之後，當場記起了那個人是誰。

故事還沒完。後來我到處跟人家講這故事，聽的人無不讚歎。

有一次，在一個醫師團體說完這事，一個醫師感觸良深地說：「可惜我們不能那樣認人……」

我問：「請問，你們是……」

「婦產科醫師。」他說。

啊，啊，啊……

故事是從兒子那裡聽來的。

今天早上學校來了X光巡迴車。由於我們是一班，因此第一堂課老師就叫我們全班到走廊集合，由班長帶隊到巡迴車前去排隊等候檢驗。

我們依座號在巡迴車前排成一條長龍，由第一號同學開始依序進巡迴車去照X光。

本來我們都還開心地聊天等候著，大家打打鬧鬧打發時間，可是沒多久，巡迴車裡忽然傳出巨大的聲響——

砰砰！

這也就算了。接下來，一號同學發出一聲尖叫：

「啊——」

排隊在巡迴車外頭的人這時全都安靜下來了。

沒多久，一號同學蹙眉、彎腰、抱著胸部、一臉痛苦的表情走了出來。

「怎麼了？」同學問：「會很痛嗎？」

一號同學只是搖搖頭，一臉虛弱的表情走開了。

陰霾的感覺像是烏雲一樣一層一層籠上來。

「下一位！」

接著是二號同學，帶著驚恐的表情，走進巡迴車。

令人焦躁的沉默……

大概過了一分鐘左右吧，果然巨大的聲響又來了。

碰碰！

「哎喲，啊———」這次二號同學的叫聲更淒厲了。

沒多久，巡迴車門打開了。二號同學走出來，同樣一臉飽受折磨的表情，一直揉著胸口。

「很痛嗎？」後面的同學問他。

「你進去就知道了。」他連說話都是虛弱無力的樣子。

情況開始變得越來越令人絕望了。接下來第三號、第四號、第五號同學都一樣發出慘絕人寰的叫聲，我是七號，等到第六號同學上了巡迴車之後，我已經盤算著要不要開溜了。

可悲的是，正猶豫不決地想著時，碰碰聲大作，六號同學的哀號已經傳出來了。

「啊！」

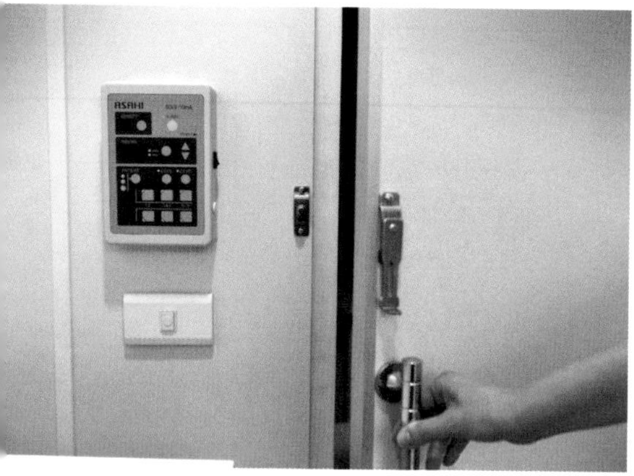

他走下巡迴車，臉色發青、全身抱成一團，連看都不看我一眼就沉默地走開了。

「下一位！」巡迴車裡發出短促而嚴厲的聲音。

我猶豫了一下。

「下一位同學。」

我硬著頭皮，走上了巡迴車。

檢驗員是一個瘦瘦高高，戴著黑膠框眼鏡，看起來沒有什麼同情心的男生。他冷冷地看了我一眼：「七號？」

我點點頭。

他在學生名冊上打了一個勾，示意我脫掉上衣。

「我要你靠在這裡，」他讓我走到一塊板子前，從背後把我向前推，好讓我的胸部緊緊貼住板子，並且要我雙手扶住板子，「等一下我叫你深呼吸，你就吸一口氣，憋住不要動。懂嗎？」

我可以感覺到貼在我胸口的板子涼涼的，等一下到底會發生什麼事，是注射、撞擊、還是灼熱、還是……我越想越害怕，退縮了一步。

「怎麼了？」

「等一下會很痛嗎？」

「怎麼可能呢？」

不會痛？我才不相信咧。

他粗暴地把我往前推，讓我的胸部緊緊貼著板子，又把我的手放到板子上。「等一下叫你深呼吸就憋氣不要動，知不知道？」

說完他自顧自跑出了房間外面。

現在房間裡面只剩下我一個人。一盞紅色的小燈亮了起來。

「現在，」檢驗員的聲音透過麥克風傳了過來，「我要你深吸一口氣，憋住。」

我深吸了一口氣，不知是溫度冷還是怎麼一回事，我發現自己全身在發抖。

天啊，不要，我心裡吶喊著，不要不要不要……

接著我聽到很小的一聲「嘟」——

似乎是過了天長地久那麼久，紅色小燈熄滅了。然後檢驗員打開門走進來。

「好了。」他雲淡風輕地說：「你可以穿衣服了。」

「好了？」可是我什麼都沒有感覺到。到底怎麼回事？

我莫名其妙地穿著上衣，看見檢驗員從板子後面抽出X光片片匣，並且換上新的片匣。就在他用力地裝入原先的板子裡，巨大的聲響發了出來：

碰碰！

我恍然大悟。一秒鐘不到的時間裡，我配合地發出大得不能再大的嚎叫。

「啊！……」

當巡迴車的門被打開時，看著八號以及他後面的同學一臉飽受驚嚇的模樣，老實說，那樣的表情，還真是讓人終生難忘。

傻瓜，就是楨龜才好啊

有次聽演講，聽到主講人說：

「我們常常以為外在的變化，決定了我們快樂與否。好比說如果我們成功了、中獎了、賺大錢了，我們就會得到快樂。事實上，根據心理學家的研究，發現，外在的因素，只占了我們是否快樂決定因素的百分之十。至於決定我們是否快樂的其他百分之九十，來自我們用什麼態度看待，或詮釋這些外在的變化。」

聽到這種說法，立刻讓我想到我們家雅麗小姐的特殊本領。

好比說，她鼓吹我和她一起潛水時，我說：「潛水可是個危險的活動噢。」

「男子漢大丈夫，」雅麗小姐：「死就死，有什麼好怕。」

被雅麗小姐這麼一說，男子漢大丈夫也只好捨命陪君子了。

不想拿到了潛水執照，裝備也買了，正學出興趣來，雅麗小姐曬黑了，長出許多雀斑，立刻決定放我鴿子，不潛了。

不潛了？我說：「死都不怕了，醜有什麼好怕的？」

雅麗小姐雲淡風輕地說：「死是一時，醜卻一輩子，你懂嗎？」

現在你知道我說特殊本領的意思了吧？

不過，這還不算最厲害的……

服兵役的兒子前幾天休假回來，說他被派去整理舊營區時挖到了一袋棄屍。

「上面長了蛆，而且味道好臭噢，」兒子說：「現在晚上睡覺時，想起來還覺得頭皮發麻欸！」

看到兒子「受驚」的模樣，雅麗小姐很緊張，連忙安慰兒子說：「你不要這樣想啦。你要想說，你幫忙人家找到了屍體，讓它有重新安葬的機會，這是好事啊。」

「噢。」兒子聽了若有所思。

雅麗又說：「不然這樣，你去買彩券好了。我出資。」

兒子不解地問：「這和彩券有什麼關係？」

「買彩券啊，就是說啊……」雅麗想了一下說：「就是說，被你幫忙的人就算要謝謝你，你也要給人家一個機會啊，不是嗎？」

雅麗說完還用手肘推了推我，弄得我也只好附和著說：「對，會有偏財運。」

「真的嗎？」

「當然是真的。算命的都這麼說的啊。」

聽他媽媽這樣說，兒子總算開始露出一點笑容，當天，就跑去買了兩張彩券回來。

「中獎了要給我分紅噢。」他休假了兩天，把彩券壓在客廳的金撲滿下面，高高興興又回營去了。

那是幾天前的事了。就在剛剛，雅麗小姐拿了彩券走進書房說：

「今天不是開獎嗎？要不要對對看？」

我接過那張彩券，轉身向著螢幕，在Google的搜尋格打：「威力彩中獎號碼」按下搜尋，很快就找到新公布中獎號碼的網站。

認真地比對完兩組彩券上的號碼之後，我回過頭鎮定地看著雅麗小姐。

「你猜怎麼了？」

「怎麼了？」她看起來有點憂心忡忡。

我不說話。

「哎呀，別賣關子了啦。」

「我告訴你，我們中獎了，」我說：「的相反。」

「槓龜？」

我點點頭。實在是很反高潮的結果。

看我有點小失望的表情，雅麗小姐說：「傻瓜，彩券不中才好啊。」

「槓龜才好？」

「喂，要是真中了，」她說：「你難道不覺得那想起來才真的是令．人．頭．皮．發．麻．嗎？」

我心想：是啊，要是真的中獎了，頭皮發的恐怕不只是「麻」而已吧！

「所以啊，不中才對啊，」雅麗笑了起來，開心地說：「槓龜才好啊。槓龜才對啊！」她高興地跑去打電話給兒子，大聲地對他說：「你猜怎麼了？我們槓龜了。我們槓龜了。」

雖說依照心理學家的說法，主動詮釋外在的變化讓自己覺得開心，是快樂能量最重要的來源。不過「槓龜」了還這麼開心的，老實說還真沒見過。

你說我倒楣不倒楣

兒子去考駕照，第一次路考沒通過，我覺得似乎有必要關心一下。

「怎麼會這樣呢？」我問。

「倒楣。」

「倒楣？」

「唉，你知道嗎？因為筆試我考了兩次，因此第二次筆試我必須到監理站去考。既然是在監理站通過的筆試，依照規定，路考就不能在原先駕駛訓練班的教練場，必須到監理站考。我一進監理站考場，全傻眼了。」

「不一樣都是考場嗎？」

「不一樣，監理站跟駕駛訓練班的場地完全不同。少了標記，我根本不知道到哪裡方向盤該轉幾圈才好？」

「啊？你考試靠著死記路面的標記轉方向盤的？」

「駕駛訓練班是這樣教的沒錯啊。」他嘆了一口氣說：「你說我倒楣不倒楣？」

第二次又沒通過時，我問他：「又怎麼了？」

「這次我更倒楣了。」

「怎麼會這樣？」

「你知道嗎？考S形轉彎前進時，我竟然後輪壓線。怪只怪監理所的汽車和我在教練場用的車子不一樣。監理所的引擎蓋太高了，我根本看不到路面！」

「啊，引擎蓋太高？」我說：「既然如此，上車時，你為什麼不先調整駕駛座的座椅高度？」

「高度可以調整啊？」

「當然。教練沒教你們嗎？」

「教練只教我們考試的事，我哪知道駕駛座的高度可以調整？」

「噢，還有，」我說：「至於後輪壓線的事……」我還沒說完，他已經興匆匆跑開了。

一個禮拜之後，兒子從監理所回來，愁眉苦臉地告訴我，第三次路考又沒通過了。

「這次又怎麼了？」

「全世界大概找不到比我更倒楣的人了。」他憤憤不平地說：「考S形轉彎不是有兩個轉彎嗎？我明明通過第一個彎了，接著最後一個轉彎，眼看就要成功了，誰知道後輪竟然壓線。你說天下哪有那麼倒楣的事……一次是左後輪壓線，一次是右後輪壓線。」

老實說，我對「倒楣」這兩個字已經有點過敏了。

「你是不是左轉彎時，左後輪壓線。右轉彎是右後輪壓線？」我問。

「咦，你怎麼知道的？」

眼看他已經勞民傷財地經歷了三次失敗，我只好告訴他：

「你觀察過汽車嗎？汽車的方向轉動軸在前軸，因此轉彎的時候，前輪和後輪的軌跡是不一樣的。想像一下你是一個下半身癱瘓的人。把你放進S形轉彎道爬行時，當你前半身緊靠右邊線轉彎前進時，後半身是不是很容易就壓到右邊的線？」

兒子在地上爬行了一下，覺得有道理。

「同理，當你前半身緊靠左邊線轉彎前進時，是不是後半身壓到左邊的線？」

「我明白了，」他站起來，拍了拍雙手對我說：「所以，右轉時，我的前半身必須盡量靠左邊，這樣下半身才不會壓到右邊的線？反過來，左轉時，上半身盡量靠近右邊……」

經過第四次路考，兒子終於拿到了駕照。

就在他得意洋洋地向我展示新到手的駕照時，我說：「發表一下成功感言吧？」

「原來每個失敗的背後，都有一定的道理的。」

「嗯，」我說：「有道理。」

他安靜了一下。看他深思熟慮的表情，我以為他又要發表什麼驚人的言論。沒想到他想了想，意味深遠地對我說：「你知道嗎？比倒楣更可怕的是愚蠢。」

聽著，我笑了出來。

比倒楣更可怕的是愚蠢。

這倒深刻。

你不可能撞上所有的車

說到考駕照，我自己其實也好不到哪裡去。當年我在駕駛訓練班學車時，也是死記路面的標誌，方向盤左轉幾圈、右轉幾圈，就去參加路考了。

幸運的是，我一次就考上了駕照。不幸的是，這樣考上駕照的我，第一次開車上路險象環生。從此之後，我得了開車上路恐懼症，不敢開車上路。

那一陣子，我忙得團團轉。有醫院實習急著要交的病歷、報告，還有必須完成的稿件、醫師資格國家考試以及和不容許遲到的約會時間……我甚至晚上作夢都會夢見自己身處考場，考卷發下來發現考試範圍和我準備的範圍完全不同。

那時候，我一直以為我面對的，是各式各樣不同的問題，從來沒有想到，這些不同的問題，或許只是同一個問題的化身與延伸……

直到有次和朋友一起旅行，那次我坐朋友的車，由他開車。

一整天汽車開下來，朋友累了，把鑰匙丟給我，對我說：

「麻煩暫代我開一下。我睡一會兒。」

我接過鑰匙，面帶難色地說：「可是……」

「可是什麼？我問你有沒有駕照，你不是告訴我你有嗎？」

於是我把鑰匙還給朋友，並且把我的問題全告訴了朋友。「你不覺得很可怕嗎？路上每一部車都是潛在的危險，閃過這部車，還有那部車，每一部車都可能置你於死地……」

朋友聽了哈哈大笑。

「有什麼可笑的？」

「你擔心太多了。」朋友又把鑰匙交給我，「上路吧！別擔心那麼多，你只要先提防最可能撞到的那部車就好了。」

「啊？為什麼？」

「只要你不撞上最可能撞到的第一部車，你就沒有機會撞上第二部、甚至第三部的。」

我想了一下。

「你先得撞上第一部最可能撞上的車，然後才可能撞上第二部、第三部……」

好像有點道理。

於是我坐進了駕駛座，發動了引擎。

握著方向盤，重新上路，因為有了第一部最可能撞上的車的意識，我的注意力開始有了可以集中的對象。就這樣，漸漸地，我發現焦慮消失了，也因為焦慮消失了，除了第一部最可能撞上的汽車外，我的心裡也開始有了擺放其他第二、第三、第四部……可能撞上汽車的空間。

差不多不到三十分鐘，差不多是我的朋友睡一覺的時間，我發現我學會了開車上路。

我大概又花了三天的時間，漸漸明白，那些令我焦慮的病歷、報告、考試以及約會時間，無非也像路上的汽車一樣。我必須能夠集中精神在第一部最可能撞上的汽車之後，我才可能有空間去照顧第二部、第三部……可能撞上的汽車。

就這樣，我一次解決了所有看似不同的問題。

最神奇的是，連夢裡的問題，竟也神秘地消失了。

選擇比努力重要

自從被我稱讚「比倒楣更可怕的是愚蠢」這個深刻領悟之後，兒子似乎就迷上了創造警句這件事。像這樣。

成功為失敗之母。

「為什麼？」我問。

「因為失敗既然是成功之母，那麼一直成功的人到最後因為學不到新的東西，一旦接受新的挑戰之後，也會失敗的啊，不是嗎？」

好吧，有道理。

「還有，這個怎麼樣？」他說：「光明的盡頭，就是黑暗。」

「為什麼？」

「因為黑暗的盡頭就是光明啊，同樣的，光明的盡頭，一定也是黑暗。」

好吧，雖不怎麼精采，但是基於鼓勵的立場，只好笑一笑。

過了一陣子，倒裝版已經山窮水盡了，於是接下來，是相反版。像這樣。

爭一時，風平浪靜，進一步，海闊天空。

「為什麼？」

「你要是考了第一名，爭了一時，回家就風平浪靜了。還有，聽演唱會的時候，大家擠得要死，你要是有本事弄到一張特區的票，你就進一步海闊天空了。」

好吧，也有道理。拍拍手。

「你怎麼拍得好像有點不情願的樣子。」

「我沒有不情願，只是，」我說：「如果你可以找到更原創性的格言，我一定會拍手拍得更用力。」

「原創性？」

「原創性。嗯，」我說：「自己從生活中體會出來，別人沒有說過的。」

「這還不簡單。」

過幾天，兒子回來找我了。

「我覺得『成功是一分天才，九十九分的努力』這個說法是有問題的。」

「有什麼問題？」

「聽聽這句。」他說：「我覺得人生啊，選擇比努力重要。」

「啊，」我問：「為什麼？」

他說：「如果做對了選擇，就算努力不夠，還是有機會。一旦做錯了選擇，再怎麼努力也無法超越那個選擇的格局。」

「可不可以舉個例子？」

「好比說，媽媽當年選擇了你，嫁給你之後，因為做了對的選擇，因此，就算她努力不怎麼足夠，還是可以得到幸福。」

「只能說你媽太幸福了。」我深有同感地表示。

「反過來，如果她選擇了別人，就算她再怎麼努力，我想也不可能過得像現在這麼幸福。」

這番淋漓盡致的論述，簡直讓我完全沒有回嘴或者任何不同意的餘地。

儘管我還很想用力找些理由為「努力」辯護，好提高它的地位。不過，一時之間，我似乎也想不出什麼更好的理由。只好心悅誠服地給兒子用力地拍拍手了。

唉，蚌殼話

「聽話是很重要的，不要像蚌殼一樣躲在自己的世界裡，要把耳朵打開、把心胸打開……」

我已經忘記前提是什麼了，總之，有一天，我忽然覺得這話非說不可，然後就像個標準的「嘮叨老爸」一樣，滔滔不絕對兒子們說教起來了。

以下是一小部分的內容。

我當主治醫師的時候，從住院醫師一到我手下工作，把他們「聽」的能力，分成四個等級，一、二十年長期觀察他們，發現一個人的發展與成就，和他們「聽」話的能力是非常高度相關的。你們想知道哪四個等級嗎？

點點頭。

這四種「聽」力的等級是這樣的：

第一級聽力：不但聽懂上級交代的事，而且能完整地執行。更重要的，聽的人還明白上級的企圖，並且預想下一步。擁有第一級聽力的住院醫師幾年後多半是開創型的領導人物。

第二級聽力：能聽懂上級交代，並且忠實地執行。但對於下一步的計畫，沒有太多的想像力和意見。這種人，機緣具足的話，將來也可能是收成型的領導人物。

第三級聽力：聽懂了上級的交代，但是執行的過程往往馬馬虎虎、大打折扣。擁有第三級聽力的住院醫師，只能交代他做簡單的事，並且要隨時為他善後的準備。這種人才，除非上一代有產業或非凡的背景，並且擁有很好的員工、部屬，否則，職場上多半只能升遷到一定的格局。

第四級聽力是最糟的一種，是完全聽不懂、或不聽，就憑著自己的意見胡亂處理……

講完了四級聽力，我注意到兩個兒子已經注意力渙散了，趕緊警覺地停了下來。

「你怎麼不說了？」老大很警覺地問我。

「我不確定你們剛剛是不是聽到了。」

「我們在聽，你繼續說。」

「我剛剛說了什麼？」我問。

「你說聽力有四種。」

看老二還一臉茫然，我拍了拍老二的肩膀。「請問，」我說：「你知道四級聽力裡面，最厲害的是哪一種嗎？」

「蛤？」

我無奈地笑了笑，嘆了一口氣說：「唉，蚌殼話。」

老二一臉茫然，又問：「蛤？」

這次，老大和我，全都忍不住笑了起來。

「蚌殼話是什麼意思？」

過了一會兒，老二總算弄明白什麼是蚌殼話。

「真無聊。」似乎為了加重語意，他又說：「一點也不好笑。」

吃飯了

昨天晚上，坐在客廳看著小說，在廚房做晚餐的雅麗小姐把鍋子裡的熱炒盛到盤子裡，邊對我說：「去叫小孩出來吃晚飯。」

「噢。」

我心不甘情不願地放下手上的小說，走到老大房前，敲敲門，打開房門。老大坐在電腦前，正奮力地在鍵盤上敲敲打打。

「媽媽說，吃飯了。」

「噢。」老大連頭都不抬一下。

我又走到老二門口，敲敲門，打開房門。老二躺在床上，正拿著他的 iPhone，在上面畫過來又畫過去。

「媽媽說，出來吃飯。」

「知道了。」

走回到餐桌前坐下來，餐桌上一盤一盤熱騰騰的菜已經上桌了。

「你都叫了？」雅麗小姐盛了飯端過來。

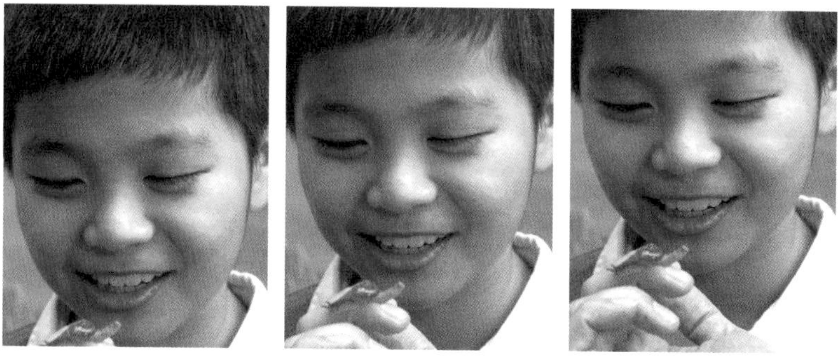

「叫了。」

「叫了，怎麼沒有人出來？」

於是我只好又去敲門，打開房門，告訴老大：「媽媽問，叫了半天，怎麼沒有人出來？」

「噢，再等一下下，一下下就好了。」

我又敲門，打開門，告訴老二：「媽媽問，叫了半天，怎麼沒有人出來？」

「噢，馬上。」

我走回桌前坐下來。「他們一個說一下下，另一個說馬上。」

不過，過了很多個一下下之後，似乎沒有人從房間「馬上」走出來。

「你確信他們有聽到？」雅麗小姐問。

「我不確定。」

大概有這樣等待了一、兩分鐘吧，我嘆了一口氣，走進書房，彎下腰，把網路 Wi-Fi 無線發射器的電纜拔下來之後，走回餐桌前坐下。

「你在幹什麼？」雅麗小姐滿臉問號。

「跟蚌殼說蚌殼話。」

一分鐘不到，兩個孩子都從房間走了出來。異口同聲地問：「發生了什麼事？網路怎麼斷訊了？」

「吃飯了。」雅麗說。

「噢。」

兩個小孩終於走過來，坐了下來。

我總算可以像個有威嚴的老爸一樣，大喊：「開動。」

犧牲與奉獻

偶爾，我們家蚌殼弟不但用心聽了，還發出語驚四座的評論。像這樣。

有一次，一群朋友聚在一起，A起頭說了一個故事。內容是關於以德報怨的故事。故事有點繁瑣，就不細說了，總之，重點是：即使是立場不同的人，只要你抱著正面的心態，持續、長期、又耐心地付出，最後，對方一定可以感受到你的努力，因而改變你們之間的關係。

B立刻不以為然了，當場說了另外一個故事。故事的結論正好相反，他為了和另外一個人和解，試了各種方法，但越是這樣，他們之間的關係只是變得更糟而已。

B認為：「只要持續、長期、又耐心地付出，就能改變對方」這樣的結論是有問題的。在他看來，基本立場不同的人，無論你如何付出，想要改變對方，其實是不可能的。

雙方相對的論點，立刻引發了爭辯。

A出言反駁B，捍衛自己的觀點。A認為，不是對方無法改變，而是B的做法有問題。只要做法正確，人是可以溝通、可以被改變的。

「那麼，你可不可以指出，」B不服氣地問：「我的做法有什麼問題呢？」

「我說的改變的力量，來自對他人的奉獻，」A說：「但你做的不是奉獻，而是犧牲。」

「犧牲和奉獻的差別又是什麼？」

「你做的事情是對方需要的，這是奉獻。但當你做了很多事，是對方不需要的，這就是犧牲。儘管你做了許多事，但都是犧牲，而犧牲的感動力是很有限的。」

「有道理。」就在這時候，一直安靜的蚌殼弟忽然發出聲音了，他說：「真希望我媽媽對我的犧牲能少一點。」

此話一出，不但語驚四座，還引來我親愛的老婆──也就是蚌殼弟的媽媽加入戰局：「是嗎？可不可以麻煩你舉例一下，我對你做的那些事情，哪些是犧牲？」

接下來，就如同預料，討論話題開始有了戲劇性的大轉向。

眼看兒子陷進自己惹出來的麻煩中，我很想拍拍他的肩膀，告訴他：「唉，你剛剛說的那句話，就是犧牲啊。」

可是想想，還是算了。兒子這話一說，想救他，都不知從何救起。

更何況，做出那麼大的犧牲，對我可是一點好處也沒有啊……

卷三

勵志故事人人愛

Mr. K的勵志故事

說到勵志故事，有一天，Mr. K忽然跑來對我說：「我有一個勵志故事，你要不要聽聽？說不定可以寫進你的故事裡。」

我沒反對。於是他說了這個「勵志」故事：

「有一次我去美國賭城旅遊。人到了賭城，難免要賭一下的。你也知道，我是個很有節制的人。所以，我換了一千美元的籌碼，告訴自己，不管贏或輸，都以不超過這一千元美金的損失為原則。那天上半夜，我的運氣不錯，我很快就贏了將近四千元美金。不過到下半夜換了發牌員後，我的運氣開始急轉直下。贏了四千元之後，我一直贏少輸多。直到天亮前，我的賭金已經剩下一百元美金了。我心想，反正一千元都輸了，不差這一百元。於是心一橫，下了一百元的賭注。」

「結果呢？」

「結果，我輸了。」

「這算什麼勵志故事嘛。」

「還沒完嘛，」Mr. K說：「就在我起身離開賭桌時，才走了幾步，從我的外套裡忽然掉下來五十元籌碼。」

「五十元籌碼？」

「嗯。可能是上半夜贏錢時，掉進衣服裡的籌碼。」

「五十元還能賭？」

「我也是這樣想。賭了一夜我也累了。可是走了兩步，我忽然又想，人生本來變化無常，既然還有籌碼，為什麼不繼續賭呢？於是，我又坐回賭桌去，從五十元籌碼開始。那天晚上，不，應該說那天早上，你猜發生了什麼事嗎？」

「什麼事？」

「我竟然宛如天神附體一樣，押什麼中什麼，最後我的絕地大反攻竟贏了兩萬多塊美金，不但贏回了那次旅行所有的旅費，還多出許多錢去血拚呢！這就是我的勵志故事了。」

「就這樣？」我問。

「就這樣。」他說：「你不覺得這很勵志嗎？」

「這明明是一個賭徒僥倖贏錢的故事嘛，有什麼好勵志的？」

「只要你還有籌碼，就應該繼續奮鬥到最後一塊錢啊，這對年輕人很熱血、很勵志啊。」

「問題是這故事有鼓勵賭博的嫌疑，主題不正確吧？」

「哪會不正確呢？」他說：「人生說到底無非就是一次又一次的賭注啊。」

「我問你，」我說：「你要是賭輸了怎麼辦？」

「我常賭輸啊。問題是成功才是勵志故事啊，對不對？」他說：「你看過勵志故事最後的結局是失敗的嗎？」

讀書人與電視人

過了不久，我也回報了Mr. K先生一個勵志故事。前提是這樣的。最近單身型男Mr. K收到了朋友e-mail轉寄給他一份當今百大美女的Power Point檔案，他看了之後大嘆：唉，世界上美女這麼多，能談的戀愛這麼有限，無力啊……

我本來以為他只是隨口感嘆，沒想到他真的很認真。我只好回報了他以下的勵志故事。

有次聊天，不知談起了什麼，王偉忠忽然對我說：

「你知道讀書人和電視人最大的差別是什麼？」

我搖頭。

他說：「讀書人最在乎完整，什麼都想看過、都想讀過，講出來的時候，也在乎講得完整，講得有系統。」

「所以咧？」

「這麼一來，就一點也不好玩了。」

「噢，」我問：「電視人呢？」

「電視人知道電視的時間是有限的，因此，我們不在乎完整，只要播出來的部分好看，就是好節目。」

我把王偉忠的話拿來照樣造句，告訴 Mr. K：

「只要認識的、交往過的，都是怦然心動、真心喜歡的美女，就是好的人生啊。」

其實不只是泡妹或談戀愛，也不只是讀書或做電視，其實包括了到好玩的地方旅行、收藏藝術品、吃好的餐廳……全都一樣。從某個角度來說，因為人生是有限的，因此，只要追求的過程、或者經歷的，都是有趣的、心甘情願的，就是好的人生。

嗯，繼續努力吧，Mr. K，擁有這樣足以讓許多別的男人流口水的人生，還把時間浪費在「無力感」上，真的是可惜了啊！

夠勵志了吧？

我一定要得到這個角色

勵志故事多半成功，這聽來很有道理，不過話又說回來，成功故事一定勵志嗎？那可說不定了……

「謝謝，如果有進一步的消息，我們會再通知你。」

那時我拍攝《危險心靈》時，演員試鏡的現場。面談完畢，那個年輕的演員起身向我和導演鞠躬，轉身走開。走了兩步，他忽然停下來，猶豫了一下，又轉身走回我的面前。

「導演。製作。」他臉上有一種急切的表情，「我一定要得到這個角色。」

我和導演沒有說話，只是看著他。

「如果不能拿到這個角色，」他說：「我怕我再也撐不下去了。」

「為什麼？」

「我想好好拍戲，可是我現在拍的肥皂劇，我越是用心，就越被導演罵。問我為什麼老是要自作聰明，為什麼不能學其他演員一樣，好好演戲？」

「演戲本來就是要和其他演員一起合作的啊。」

「問題是大家都只是在挑眉毛、擠眼睛、做表情……每個人只想把工作做完收工，讓整個戲符合肥皂劇的樣子。我覺得很痛苦，也很掙扎啊。我知道演戲不應該是那樣，可是我沒有別的機會啊……」

「那你怎麼辦？」

「我當然知道導演要什麼。有一天，我告訴自己，我放棄了。於是我也學他們那樣挑眉毛、擠眼睛，開始做出制式表情。結果那天，才拍完第一個鏡頭，導演就走過來，拍著我的肩膀說：『恭喜，你終於會演戲了。』……你明白我的意思嗎？這真的很悲哀。我決定開始墮落，而他們說我終於會演戲了。」

我們繼續冷靜地看著他。

「我放棄了很多東西來拍戲，我的家人都反對……可是我真的不希望，我來拍戲，只能是這樣。我知道你們是很用心製作的戲，求求你們，我真的一定要得到這個角色。求求你們。」

他又鞠了一個九十度的躬，才轉身走開。

老實說，那時我已經知道他不會被錄取了。在他之前有一個比他更合適的人選了——他的表現沒有超越那個人。

只是，他的話裡有一種東西打動了我。看著他離開的那一刻，我有一種說不出來的難過。但我卻什麼都無法幫他。

那是好幾年前的事情了。他後來拍了好幾檔收視率很高的肥皂劇，不但演出的角色越來越重要，人氣也節節高漲。

我心裡想，他真的變成了他說的那種會擠眉毛、弄眼睛、做表情的演員，並且受到了歡迎，為他自己賺了很多鈔票。

然而，每次看著他在螢光幕裡的肥皂劇咬牙切齒地唸著台詞時，我不免就會想起他說著：「求求你們，我真的一定要得到這個角色。」時的模樣。

故事就是這樣了，只是，這算是個成功的勵志故事嗎？是有點傷腦筋。

那種唯一的感覺

從事創作的人，一不小心寫到腸枯思竭的時候往往是有的。這樣的狀況持續久了，創作者很容易就開始自我懷疑起來。

這一段談話發生時，我正處在那樣的懷疑狀態中。當然，每個人的症狀不太一樣，我的狀態是開始懷疑，這個世界上所有的故事都被寫過了，大概不會再有什麼新鮮事好寫了……

有一次拍戲收工從淡水回台北的路上，易智言導演坐我的車。我們兩個人在車陣中，不知怎地，聊起了愛情這件事情。我說：

「你不覺得，到最後每個人的愛情故事其實是大同小異的嗎？第一種、A愛B，B也愛A，但有人反對，有人破壞。第二種，A愛B，B不愛A，或反過來，B愛A，A卻不愛B，然後追來趕去。第三種，A不愛B，B也不愛A，但到了最後，卻為了某些理由在一起……」

「是都差不多。」

「你覺不覺得，所有的故事無非都差不多。一切無非只是同樣的

結構，一再的重複罷了。我懷疑，真有人能寫出什麼不一樣的愛情故事來？」

「從某個角度來說，人類經歷的故事基本上是差不多的，我們只是在同樣的生老病死裡，不斷地重複著差別不大的故事罷了。」

「你不覺得對寫故事的人來說，這樣有點可悲嗎？」我問：「原來每個人只是和別人差不多的劇情裡，笑著、哭著，過著我們的人生。」

他拿出一支菸，點燃，抽了起來。

「儘管從外在看起來，故事和故事差別不大，」他說：「可是，你不覺得對每一個人的內心世界來說，初戀那種感覺卻是唯一的嗎？」

我想了想。「那倒是。」

「所以啦，在大同小異的劇情裡，把那種唯一的感覺寫出來，讓其他沒有經歷過，或者是已經忘記了的人也感受到了那種唯一，就是創作者的使命。」

噢。

在差別不大的故事中，重現每個人那個內在的感受的唯一。

一時之間，這個迷人的說法，倒是在我心中發出了閃閃的亮光。

最高興的是我去了，明白嗎？

我認識一個運動教練是鐵人運動的選手。每年她都給自己安排不少比賽。鐵人比賽是一項考驗耐力的比賽，選手必須同時挑戰路跑、腳踏車以及游泳比賽——三項近乎體力極限的馬拉松比賽。儘管這些比賽的樂趣我不是很明白，但對於這些通過我無法企及的意志力挑戰的人，我還是非常敬佩的。

最近由於竹東三鐵的賽事接近，因此，每次見到她，總是興致勃勃地圍繞著比賽，以及準備的情況聊個不停。

不料這個禮拜她竟對我說這次比賽也許不參加了。

「是身體狀況不理想嗎？」我問。

「倒也不是。」她說：「我男朋友出國比賽去了，他不在，就沒有人開車送我去了。」

「這只是藉口吧？」我說：「一定是你心裡不想參加比賽了。」

「我很想參加比賽啊。否則幹嘛天天辛苦練習？」

「沒車這麼簡單的理由就能阻止你？這未免說不過去吧。」

「可是沒有車真是很現實的問題啊。」

「要我就試試別的方法。好比說，」我說：「你可以一早從台北搭公路局汽車過去。」

「問過了啊。比賽九點開始，就算從台北搭最早班車過去，也趕不上。」

「不然，你可以前一天晚上先到竹東的旅館住宿一個晚上啊。」

「也問過了啊。因為鐵人三項比賽，竹東的飯店早被訂滿了，這時候訂房間，哪還有位置啊？我試了這麼多，心想，這麼麻煩的話，還是算了吧。反正兩個月後還有別的比賽。」

「那麼辛苦的比賽都撐得完了，哪能被這麼簡單的麻煩困住呢？」我想了想，又問：「你試過附近城市，像是新竹或頭份的旅館嗎？這些地方和竹東車程不到半小時，一早搭車總趕得上比賽吧？」

「咦，這個倒沒想過。」

「先去新竹待一個晚上啊。晚上你還可以去新竹吃炒米粉，或者，」我興奮地說：「去頭份看木雕、吃客家菜，也都很有趣啊。」

被我這麼一鼓舞，她果然改變了主意，重整旗鼓，又興致勃勃地跑去打電話打聽了。

一個禮拜之後，我問她比賽結果如何，她說：

「吃了一些苦頭，總算訂到了頭份的旅館。不過，頭份真的很好玩，住了一個晚上，隔天又參加了比賽。」

「比賽成績還好嗎？」

「差強人意。不過，」她說：「這次最高興的是我去了。你明白我的意思嗎？」

「當然明白。」

我一開始的意思正是那樣啊。

你怎麼能那樣一直轉？

還有一次，我又陷入了寫作的低潮……

那一年，長篇小說寫著寫著，故事變得奄奄一息。我越寫越徬徨，不知到底該放棄，還是應該繼續堅持下去才好。為了這個問題，困惱了很久。

那時候，正好被我的好朋友羅曼菲邀請去看雲門的公演。羅曼菲跳的是林懷民老師編寫的《輓歌》。在那支舞裡，羅曼菲小姐就在定點，一直旋轉，旋轉，轉到某種極限，足足有十幾分鐘。第一次看到那支舞蹈，我看得有點瞠目結舌，一點也沒有想到那會是解決我的問題的契機……

表演結束之後，我到後台去向曼菲致意。我問她：

「你怎麼能那樣一直轉，不暈頭？」

她大小姐輕鬆愉快地跟我說：「簡單，你只要找一個定點，不管怎麼喘、怎麼轉，只要最後還能看到那個定點，你就可以繼續轉下去。」

就那麼簡單一句話，我那一大片籠罩著烏雲的心情好像看見了一道

羅曼菲演出《輓歌》
攝影◎杜可風

光線似的。

經過這個激勵之後，我回家把寫了一半的小說草稿重看一次，邊看邊想著那個定點到底還在不在？

之後，我又一個人安靜地想了兩、三天。

我決定把故事繼續寫下去。

眼看就差這一步了

所有的勵志都是激勵人心嗎？那可未必。

在耶路撒冷旅遊時，見到了聖傑諾米先生的雕像。

聖傑諾米先生何許人也？大家需知，最早的《聖經》是用耶穌家鄉的亞蘭文寫成的。聖傑諾米先生就是第一位把亞蘭文原典《聖經》翻譯成當時通用的拉丁文。換句話，有了他，才有了基督教文明，才有機會在整個歐洲、乃至於全世界傳播開來的可能。

傑諾米令人尊敬的還不只是這樣，為了禁絕慾望，專心翻譯《聖經》，他還做了一件驚世駭俗的事，那就是：他自我閹割了。

就在我們聽著導遊講述聖傑諾米這麼了不起的事蹟時，一位同遊的朋友說：

「侯文詠，加油，你的文學成就要更上一層樓，眼看就差這一步了。」

有人還舉出了司馬遷也是經歷了宮刑，終於寫出了像《史記》這樣的曠世巨著。好像這是成為大作家，唯一的途徑似的。

S. HIERONYMUS

「所以，為了讀者、也為了文學、為了歷史，」起鬨的人越來越多，「你就拚了吧！」

「拚了，你一定可以做到的。」

唉，重點根本不是那個好不好？每個人的資質不同好不好，就算我真的效法了傑諾米的行徑，沒寫出什麼傳世的作品，變成了「剩」人，也是很有可能的啊。

大家笑鬧成一團也就算了，最誇張的是，連雅麗也．不．例．外。

我對雅麗小姐說：「我拚了對你可沒有什麼好處啊，好歹你也稍微為自己的幸福著想一下好不好？」

雅麗小姐更是笑得直不起腰來。她說：「你平時太毒舌派了，看著你被大家修理，還．真．是．開．心．啊。」

真．是．開．心．啊．什麼嘛……

原來所謂的平日對朋友還不錯，只是我一廂情願的想法啊。

看來真得好好反省反省了。

等我被流箭射得像隻刺猬時，雅麗小姐總算恢復了理性，宣布：「大家別再激勵他了，我看我家老公還是當情聖好了，至少對我的福利比較有保障。」

眼看利害關係人開口，大家總算閉嘴了。

配額

有首歌叫〈領悟〉，歌詞中最精采的一句說：啊，多麼痛的領悟，你曾是我的全部……

我常常在想，領悟應該是每個人都想要追求的吧，當然，如果代價不是那麼痛的話。

那天一群人忽然大談「人生是有配額」的這個話題。

開始這個話題是因有人提起，作家三毛曾經很相信她一生寫的書是有配額的。據說後來三毛一生出版的書，正好就是那個預言中的數量。

在座一位醫生朋友表示：他常常勸病人不要飲食過量，多蔬果、少紅肉、少飲酒，少暴飲暴食。他告訴病人：「一個人一輩子能吃的東西是有配額的，暴飲暴食的人，太早把自己一生的配額吃完了，只好在人生的宴席提早離開了。」

眾人紛紛點頭。

有個從事慈善工作人士表示：一個人身上能夠累積的福分是有配額

的。有人很幸運，在工作、事業、感情上累積了許多福分。福分一旦累積了太多，超過了應有的配額，新的福分就不會進來。因此，一個有福氣的人，要常思考如何把自己的福分和別人分享、流通。

聽到這些有趣的故事、說法，不知怎地，我想起了我三、四歲時，被媽帶去她任教的小學玩，讓我和小學生們一起上課。我小時長得可愛，因此下課時老是被女孩包圍，在我臉上吻個不停。

本來想起這件事時總是有幾分得意的。

經過這個討論之後，我忽然想起，這麼說來「豔福」的福分一定也是有配額的。回顧我這大半輩子，忽然恍然大悟。我不免嘆了口氣。

啊，多麼痛的領悟……

或許問題正是因為……

有些領悟，雖然還不到痛，但是不舒服的程度，應該是一點也不下於「配額」的領悟的。像這個朋友告訴我的故事。

我的老闆合併了一家新公司，指派我去當總經理，希望我能重整這家公司，改變公司的文化。儘管我過去從事的和這家新公司產業不同，但以我過去的經驗，這個產業多少還是有些相關。因此，我自覺應該有能力把新工作做好。

我到新公司上任，沒有帶任何自己的班底、人馬。員工對我都很歡迎。我也熱情地向大家發表我對公司同仁新的期許，以及新的願景。從同仁的表情看來，大家似乎都歡迎也支持這樣的改變。

我是事必躬親型的人。和公司一級主管開會時，我很容易就可以看出他們的問題，我盡心盡力地參與討論，必要時甚至指出計畫不可行的地方，給予糾正。我甚至會基於自己過去跨領域的經驗，提出一些全新的點子和想法。這些想法，只要一提出，通常很快就得到同仁們的讚美，以及好評，因此推動起來也特別有效率。

到任三個月之後，我自覺良好，心裡盤算著，這個工作我應該可以勝任愉快。

不想過了半年之後，我開始覺得事情可能不是我想像的那麼容易了。

到了第三季，我發現整個公司變得非常被動，所有的決策，非我裁決不可。我拖著大家往前跑，越跑越覺得心力交瘁。這明明是大家的公司啊，為什麼只有我一個人在乎，一個人努力？

直到有一天，我遇到一個朋友。他聽了我的問題，對我說：「或許問題正是因為你太努力了吧。」

「我太努力了？」

「你要不要暫時讓自己隱形起來，看看同仁會有什麼反應？」

我的朋友給我的建議是這樣的：從隔天開始，我提出的任何點子，先不說這是我的想法，而是「這是昨天碰到一個朋友提的建議，我也不知道可行不可行。我想請大家評估評估，聽聽大家的意見。」

出乎意料的，同樣是出自我的點子，只要改成「一個朋友的提議，請大家評估評估」，過去同仁們「真是太有創意了」、「嶄新的藍海策略」、「總經理這樣的想法實在太英明了」的反應，立刻變成了「這根本是異想天開」、「這樣的做法過去早有人做過，並且被證明是失敗

的」……

我恍然大悟。不是同仁太被動、也不是同仁沒有想法，而是從過去到現在，「總經理」這個位置（而不是我）一直都太英明了，因此這個公司才欲振乏力。

原來阻礙這個公司進步，最大的阻力，就是我自己。

「想起自己也變成了『周處除三害』中必須除去的一害，還真是又喜又驚啊……」朋友這麼對我感嘆。

人生有趣是玩味

勵志文章的作者常被認為沒膽量，因為這類文體最安全，挨罵機會也最小。不過話又說回來，例外也是有的。我曾在臉書寫過一篇〈人生有趣是玩味〉的文章。這篇從頭到尾看起來完全沒有什麼大問題的小文章，發表之後，竟被一位讀者罵得簡直狗血淋頭。原文照抄如下。

昨日和老朋友談往事，談過去一起認識的朋友，談起一、二十年後的人事變化。

談著談著，忽然覺得過去很多不理解的事，這時理解了。過去有許多的未知，這時變成已知了，不但變成了已知，這些因為已知產生的心得，拿來對照人生的許多其他事情，竟然有許多是一致的。

想想，人生的未知其實有兩種。

一種未知是未來，因為還沒發生，因此充滿期盼。

另一種未知是過去。這些「過去」我們雖經歷過，可惜受到當時種種限制（資訊、智慧、觀點、氣度、見識……），我們當時理解其實並不深刻。但隨著歲月，人多出新歷練、態度，回味往事，我們總是發現：啊，原來當時我不明白的是……

是啊，對那個所謂「原來當時我不明白是……」的明白，正是許多樂趣中，非常深刻的樂趣之一啊。

我們常常覺得所謂的「會玩」的人，玩的無非就是「現在」和「未來」的未知，可是，我覺得真正大氣、有趣的人生，是還得學會「玩味」的。

因為比較起來，在過去的記憶裡徜徉是優雅的、智慧的，在過去的未知裡追尋是刺激的，這些從過去的未知中得到的發現與體會，樂趣可是一點也不比未來的未知遜色啊。

好了，這篇小文章就是這樣。這應該沒什麼問題吧。不過此文一貼，立刻就有讀者抗議，說我寫得太低俗了，要退出粉絲。我覺得事態嚴重，禮貌地發函去請教，不知哪裡低俗了？

好不容易總算得到對方回覆，她表示：一個作家，要有寫出帶引潮流、移風易俗作品的自我期許及使命感。你是一個知名度很高的作家，人生有那麼多有趣的事你不提倡，提倡玩妹，一看到題目就讀不下去了，真是粗俗、下流、無恥⋯⋯

「玩妹」？唉，冤枉，沒有人在玩妹啊！

卷四

愛情詭辯

我只是想證明，我一點都不在乎

有段時間我在研究所教書。那時候，我會開放一些時間給學生。我記得很清楚時間是禮拜五的下午。走進來了一個女學生。她留著短頭髮，穿著頗入時。她成績向來很好，是個走知性、質感路線的聰明女孩。一進門她就對我說：

「老師，我這個禮拜一失戀了。」

這顯然不是課業上的問題。不過因為我平時和學生們處得不錯，因此任何問題我基本上是來者不拒。

「失戀我明白，可是，」我問：「為什麼要特別說『禮拜一失戀了』呢？」

「你知道，我們交往了三年。可是上個禮拜天我發現他有第三者。禮拜一，我跟他攤牌了。我說：我們分手吧。沒想到他竟然說：他鬆了一口氣，他很高興是我主動提出來的。」

「噢。」

「我淡淡地跟他說：禮拜四我這學期的重頭戲生物化學就要考試

了，我得去準備了。他說：那就再見吧。我也說：再見。就這樣。」

我說：「滿酷的嘛。」

「所以啊，我下定了決心，我告訴自己，無論如何，我要好好準備考試，絕對不能被他打敗。」

「結果呢？」

「我今天看到成績了，」她臉上有種完成了什麼的驕傲，「我的生物化學考了九十九分。」

哇。我點點頭表示嘉許。九十九分，的．確．是．很．高．的．成．績。

「我只是想證明，」她繼續又說：「我很好，我沒事，我可以不在乎，」她說著：「我真的一點都不在乎……」

我很想告訴她：「就算考一百分，也不能證明什麼啊。」話還沒說出口，我發現她已經哽咽了起來，她越來越激動，淚水盈滿眼眶，不斷地沿著她的臉頰流下來，最後，她索性就在我的辦公室放聲哭泣了起來。害我什麼都不能說，只能無言地拍著她的肩膀。

真的是就算考一百分，也不能證明什麼的人生啊！

或許能哭一哭，也不是什麼壞事呢。

詛咒神明會不會怎麼樣？

有一天，一個朋友忽然問我：「侯大哥，你說詛咒神明會不會怎麼樣？」

「詛咒神明？」我問：「誰？」

「我。」她說。

「為什麼？」我問。

於是她告訴我這個故事。

我和男朋友交往了一陣子之後，發現他竟然瞞著我，另外有了一個小三——不但如此，這個小三，還是我最要好的閨密。

更誇張的是，經過旁敲側擊的結果，我發現我的閨密還一廂情願地陶醉在愛情裡，對於我的存在一無所知。

經過幾天思考，我覺得無論如何，和閨密之間的友情，比愛情重要，於是我約了她出來，向她坦誠一切。我的閨密起初有點訝異，但很快她就明白我的用心，我們很快站到相同的陣線，並且有了堅定的共識，我們決定：

絕不讓愛情損害我們之間的友誼。

於是，我們把男朋友約出來喝咖啡，清楚地讓他知道事情不能再這樣繼續下去。我們對他下最後通牒。讓他在我們之間做出抉擇。

男朋友痛苦地表示他真心愛著我們兩個人，要他立刻取捨，他做不到。

「可不可以給我時間，讓我好好思考這個問題，」他說：「你們知道，這對我是非常掙扎的事……」

「我們就是希望你好好想想。」

我們決定給他三天時間。三個人約好了，三天之內彼此不再互相聯絡。三天之後，我們再回到同樣地點，解決所有的問題。

我就這樣忐忑不安地過了三天。

三天之後，我們三個人都依照約定，回到那家咖啡店。

「你的決定呢？」我和閨密不約而同地問他。

「這幾天，我實在太痛苦、也太彷徨了。在走投無路的情況下，我忽然想，為什麼不去廟裡問問神明呢？」

「神明？」

「嗯。昨天，我決定去廟裡燒香、拜拜。我把我所有的難處都告訴神明，請神明給指示。」

「結果呢？」我問。

「神明當場什麼都沒說。可是，晚上作夢時，我夢見神明對我說：孩子，不要擔心、不要害怕，你要傾聽自己內在的聲音……」

「內在的聲音？」

「今天凌晨，我從夢裡驚醒。我一個人在床上翻來覆去，想了又想，忽然豁然開朗了。」他說：「既然你們已經是閨密，我又和你們任何一個人都這麼好，我們三個人在一起，好像也沒有什麼不可以。」

「三個人在一起？」

「對。感謝神明給我勇氣，我想勇敢地跟你們說：我愛你們兩個人，我無法拋棄任何一個人。現在我已經做完了我的決定了。我把接下來的決定，留給你們。」

「你是說……」

「願意接受神明這個建議的人，留下來，如果不願意的人，可以離開。怎麼樣？」

我們的男朋友先問我的閨密。「你呢？你的決定是什麼？」

我的閨密似乎很彷徨。她看了看我，又看了看我們的男朋友，嘆了

一口氣，點點頭。

他露出了如釋重負的微笑。

「你呢？」他轉向我。

「你說這是神明給你的建議？」

一時之間，我有一種被整個世界背叛了的感覺。忍不住滿腔怒氣，我從座位上起身，給了他一個巴掌。我詛咒他：「去你他媽的內在聲音。」我氣不過，繼續又說：「去你他媽的神明！」說完才揚長而去。

「我看啊，」我說：「離開這種男人絕對不是什麼壞事。」

「詛咒神明會不會有什麼報應啊？」她問。

很難搞清楚到底真的有這場夢，或者，一切只是那男人的藉口。再說，就算真有神明顯靈，三人行真是神明的本意嗎？……什麼樣的神明會出這種餿主意？

儘管有這麼多撲朔迷離，我還是說：「別擔心，你的心情，我想神明應該理解吧。」

愛情輸好，還是贏好？

有一天，未婚的 Mr. K 忽然對我說：「在愛情裡，任何一個人，只要比對方在乎時，他就輸了。你說對不對？」

我點點頭。聽起來有道理。

「既然輸了，在乎又有什麼用呢？」Mr. K 說：「因此，只有比對方不在乎的人，在愛情裡才能贏。」

我又點點頭。

「問題是，你不在乎的愛情，贏了又如何呢？」

說的還真有道理。

「所以，試圖在愛情裡面找到幸福根本是不可能的事。」

這回輪到我搖搖頭了。「這什麼推論嘛？」

Mr. K 問我：「那你說，你覺得愛情到底輸好，還是贏好呢？」

看著 Mr. K 幾分得意的表情，我抓了抓頭。

我有一個男性朋友，總是在戀愛過了激情的階段之後，就想分手了。

不在乎的他，每次都向對方坦誠認錯，也從來不欺騙對方。分手時也盡量說對方好話。

儘管被分手的女性難免哭哭啼啼，但每次他都得到了他想要的自由。有了自由，他又可以繼續再和新的女朋友交往。

「或許我必須掌控全局才有安全感，因此，每次在愛情裡面，我總是占上風的那一方。」我的朋友說：「一旦女孩子愛我太多，變得百依百順了，我又開始厭煩了。老實說，我自己也很困惑……」

因此，他的愛情總是陷入同樣模式，一而再的惡性循環。

這樣，總是不在乎的他算是贏了嗎？

我還有一個女性病人，在抗癌的過程中，發現她的老公背著她，在外面有外遇之後，變得萬念俱灰，傷心得要割腕自殺。

「我的人生，全盤皆輸了。」獲救後，她告訴我。

我說：「你都要離開這個人世了，有人願意幫你照顧老公，有什麼不好？」

她聽了大徹大悟，叫她老公轉告那個女人：謝謝她，請她往後幫忙多多照顧她老公。

她老公痛哭失聲，一直跟她說對不起。

我的病人也對她老公說對不起，是她不能一直陪著他。

病人就在和老公彼此諒解的氛圍下，走完了她的人生。臨終前，病人對老公說：謝謝。

她的老公也對她說：謝謝。

這樣，一直在乎的她，算是輸了嗎？

「你倒說說，愛情到底是贏好，還是輸好啊？」

既然非回答不可的話，我開始告訴 Mr. K 關於希臘哲學家做過的一個有趣的詭辯。根據這個詭辯，結論是：

在龜兔賽跑中，一覺醒來發現自己落後的兔子，將永遠追不上烏龜。

這個推論的過程是這樣的：

假設兔子醒來時發現和烏龜的距離相差一百公尺，而且兔子的速度是烏龜的十倍。那麼，情況是：

當兔子追上這一百公尺的差距時，烏龜又前進了十公尺了。於是兔子只好努力再追十公尺。可是等兔子追上十公尺時，烏龜又前進了一公尺，依此類推的結果，兔子將永遠也追不上烏龜……

「你這什麼詭辯嘛，」Mr. K說：「事實上，只要時間足夠，兔子最後一定會超越烏龜的。」

「你的問題也是詭辯啊，」我說：「在愛情裡面找到幸福的一樣大有人在啊。」

「搞不好那些口口聲聲說著自己很幸福的人，都口是心非也說不定……」

「你不是他們，你怎麼知道他們不幸福……」

「你不是我，怎麼知道我不知道他們是不是很幸福……」

「行了，行了，我們既不是莊子，也不是惠子。」

「愛情到底輸好，還是贏好？」我說：「這個題目是有問題的。」

「哪裡有問題？」

「如果愛情不是比賽，沒有分數、更沒有終點，怎麼比較輸贏呢？假如沒有輸贏，你的在乎、不在乎說就不成立。一旦這個前提不成立，所謂『試圖在愛情裡面找到幸福是不可能的事』這個推論也就不成立了。更何況，如果你是隻兔子，相信了這樣永遠追不上烏龜的詭辯，覺得無論怎麼努力都不可能追上烏龜，你還會努力嗎？」

「所以，你現在是在激勵我嗎？」

「沒有，我只是說，」我說：「愛情從一開始就不是輸贏的問題。」

「那是什麼問題？」

哎喲。愛情從來就不是問題好不好。

它的重點一直就是答案——而且是那種只要兩個人同意，哪怕再荒謬、再站不住腳，還是可以成立的答案。

世界上的事，沒有比這個更容易，當然，也沒有比這個更難的了。

大家都是 Mr. K 的愛情顧問

我和 Mr. K 討論愛情到底是輸好，還是贏好時，差不多也就是他和E小姐的關係開始出現一些狀況的時候。Mr. K 的感情問題，讓我的雞婆史又添了一項豐功偉績，那就是，在我三十多萬粉絲的網頁上，為他徵求愛情顧問。情況是這樣的：

K先生和E小姐交往一年多了。兩個人住在不同的城市，因為工作的關係，常有機會碰面。K先生應該算是喜歡E小姐吧。但他至少在我面前說過五十次以上「我們不適合相處」。原因是兩人碰面總是一開始很好，但不久就開始鬧意氣。或許正因為如此，他們的戀情一直卡在某個階段，上上下下、不進不退，反反覆覆。

K先生是那種就算生氣也不會口出惡言、讓衝突白熱化，但你就是會感覺到的那種男人。討厭的是，正因為衝突沒有表面化，所以兩人分開一陣子開始彼此思念時，又可以若無其事地重新開始，再思念、再約會，然後一切重來一遍。

外貌、學資歷、經濟K先生條件都算是很不錯的。儘管他過去的戀情不少。不過近幾年來，這算是最長的一段。

這次的事情是這樣的：

K先生最近從朋友那裡聽到E小姐和「前男友」一起去看一場演出。當然，E小姐並不知道K先生聽到了這件事。

K先生很沮喪。他的反應是不想再多打聽這件事，也不想再見到E小姐了。當然，這樣的情緒，E小姐感受到了。因此，有一天，K先生收到她的簡訊問：

「Are you avoiding me?」（你在躲我嗎？）

你也知道的，K先生是那種不願衝突白熱化的男人，因此他回簡訊說：

「No.」

好了，最近E小姐要來台北出差了，既然K先生沒有在躲她的話，E小姐請K

先生到機場接她。

K先生不想去接她。因為如果見到E小姐，他只有兩個選擇：

（A）是讓衝突白熱化，這點K先生做不到，過去所有的戀情到現在，哪怕搞得再糟，他從來沒有做到過。

（B）是繼續裝作若無其事地和E小姐相處下去。這他更做不到。所以，Mr. K的另一個辦法是：（C）找個理由離開，告訴E小姐，他不在台北。

這點K做得到，但他覺得自己很委屈，很不願意做。

K先生說：「我又沒有做錯什麼，為什麼被逼得得離開台北的人是我？」

（我最近很驚訝地發現，在我周遭有成就的男性朋友中，像Mr. K這種男人還真是不少啊。）

老實說，對於K先生的問題，我已經「束手無策」了。倒不是不知道辦法是什麼，而是好辦法他都做不到。對於像他這樣的「老狗」，我實在玩不出新把戲了。

眼看E小姐這幾天就要到了，K先生該怎麼辦才好呢？

好了，現在我要替Mr. K徵求新的愛情顧問。麻煩全球的賢達、有愛心的人士把意見寫在留言欄裡。我請他自己拜讀。

愛在旋轉

不少人關心Mr. K最後作了什麼決定？老實說我也很關心。我打了一個電話給Mr. K，結果他的手機關機。

側面打聽的結果，果然不出所料，他買了張機票，一個人孤獨地離開台北，度．假．去．了。

（唉……也不知道這麼多愛情顧問的留言他拜讀了沒有。）

很多人覺得Mr. K不夠愛E小姐。這點Mr. K也不否認。他告訴我：「我們在一起就是會吵啊。如果她真的可以改變這個、改變那個，我當然會更愛她。可是事實就是這樣，我不想欺騙自己的感覺，也不想欺騙對方啊。」

我雖然不是雙方的密使，但我的確曾和E小姐談過「改變」這個話題。

E小姐說：「如果這個男人真的愛我或者他是我的終生伴侶，我當然願意為他改變。可是前提是他得先愛我，讓我感受得到啊。否則就算我勉強自己改變，又有什麼意義呢？」

嗯，雙方說得好像都很有道理。

「那就分開吧。」我說。

「可是就是想在一起啊。」

（現在知道愛情顧問不好當了吧？）

不知道為什麼，這些對話總讓我想起小時候聽過的一首歌，歌詞是這樣的：

愛在旋轉，我在愛的漩渦裡轉圈圈……

既然愛情需要兩個人，好像真的很難不為彼此改變。這似乎成了愛情的核心問題：

到底應該是先改變了才有愛情，還是先有了愛情才改變呢？

乍看之下，偉大的愛情似乎永遠考驗人性。

歌頌愛情的人認為：不願意為了愛情犧牲自我的人是自私的，而自私的人是沒有資格享受愛情甜蜜的果實的。

但從哲學家的角度來看，個人的意志不存在，我們生存的意義也就消失了。因此，無論是愛情，或者是任何偉大的概念，都不值得我們勉強自己，為了它放棄個人的意志。

到底孰是孰非呢？

我也想不明白，為什麼度假的是K先生，傷腦筋的人是我呢？

就是要變來變去才叫感情啊……

差不多安靜地過了一個禮拜左右，Mr. K從國外「度假」回來了。

我問他：「你讀了我們Facebook上四百多個愛情顧問的建議了嗎？」

他嘟著嘴說：「你沒有把前提講清楚。」

「什麼話沒有講清楚？」

「E小姐不是和前男友去看表演，而是，」他說：「她是和前男友一起出國去看表演。」

「差很多嗎？」

「差很多好不好。你提出的問題，和我面臨的問題根本不一樣。」

噢。「所以呢？」

「我看我們也只好這樣了。」Mr. K很無奈地表示。

我們兩個人都沉默了一下。

「度假還好嗎？」

他點點點。「看了幾本書，想了一些事情，還在沙灘上看著美女走來走去。」

「有豔遇嗎？」我問。

他搖搖頭。過了一會兒，又說：「倒是有個單身的女孩子，看起來是華人，可能來自新加坡、或香港吧，看起來還算清秀。吃早餐的時候，就坐在我的旁邊那一桌。吃完早餐，我就拿書來看，她沒幹什麼就坐在那裡。一直坐到大家都走了，只剩下我們兩個人，她還坐在那裡。」

「她在等你去開口搭訕嗎？」

「我也不確定。」

「那你去搭訕了嗎？」

Mr. K 搖頭。「本來是曾動了一下心，可是後來想想，還是算了。後來我看了半個小時書，起身離開，她也跟著離開了。就這樣。」

應該是等著 Mr. K 去搭訕吧。不過情節聽起來有點沒哏就是。

「奇怪了，像你這樣的無聊失戀男子，為什麼不過去搭訕？」

「我想了想，覺得那個女孩沒有那麼優啊，還是算了。經過這一次之後，我深刻體會，原來談戀愛是要付出很・高・的・代・價・的啊。」

「代價？你在算計損益啊，」一想到 Mr. K 是商業金融出身，我說：「你這不是在做生意嗎？」

「不是做生意好不好？你不要老是不把話聽清楚，」Mr. K 說：「我的意思是你追求的愛情，起碼能達到讓你有感覺的標準，你才願意付出嘛，不是嗎？」

「那還不是一樣，就是在計較損．益．平．衡。」

「假如說我需要的標準是10分，現在這個女孩只有3分，那我根本懶得行動。但假如這個女孩的總分有10分，我可是願意付出100分的代價來追求她啊。我從來沒有要占人家便宜啊。我從來沒有要損益平衡啊，怎麼會說是做生意呢？」

噢。「那請問，」我又問：「E小姐有超過10分嗎？」

「當然有。」

「那現在怎麼又不行了？」

「我的意思是說E小姐一開始當然有10分，可是在她做了那件事之後，在我心目中的總分當然急劇下降。現在已經掉到10分以下，不對，應該說5分都不到。」

「你是說，一個女孩在你心目中的總分是隨著時間不斷變來變去的？」

「是啊。」

「可是這樣想很可怕欸，任何一個女人跟你在一起，隨時要保持在10分以上？」

「當然囉。只要她在我心目中繼續維持10分以上，我很願意付出100分的代價，愛情不都是這樣嗎？」

「可是結婚誓詞不是說：我承諾，無論順境或是逆境、富裕或貧窮、健康或疾病、快樂或憂愁，我將永遠在你身旁做你的丈夫／妻子……這個意思就是說，現在10分，以後不管發生了什麼事，也永遠是10分的意思啊。這種天長地久才是真正的感情啊。」

「我覺得這不是感情。」

「為什麼？」

「你小時候喜歡吃糖果，現在還喜歡嗎？」

搖頭。

「你小時候喜歡吃漢堡、薯條，現在還喜歡嗎？」

我搖頭。

「這不是變來變去嗎？」

我沒說話。

「只要是人，哪有情感不是變來變去的呢？不能變來變去的就叫合約了。就是計較損益平衡才會簽合約，有了合約的關係才叫做生意。

「所以，真正計較損益平衡的不是像我這樣的人，而是在結婚證書上簽約蓋章的人。如果不是計較損益平衡，哪需要簽約蓋章呢？」

聽起來好像很有道理啊。

原來像侯先生和雅麗小姐這種結婚二十多年的關係叫做「合約」關係……

如果沒有合約關係，侯先生和雅麗小姐會一直相親相愛嗎？

……

所以，到底能變來變去的是真正的感情呢？還是不能變來變去的才是真正的感情？

Mr. K又讓我陷入難分難解的狀態了。

這回談的是政治

自從我在臉書徵求 Mr. K 的愛情顧問之後，幾天內，就有四、五百個人給 Mr. K 留言。有人覺得這是一個開放社會，Mr. K 應該用更開闊的心態面對；有人建議 Mr. K 勇敢地面對自己；也有人建議 Mr. K 應該適度地示弱；有人抱怨 Mr. K，也有人表示自己和 Mr. K 是一模一樣的男人，並且用自己的經驗告誡 Mr. K，除非他遇到一個願意包容、體諒他的女人，否則戀情很容易無疾而終……

這故事，還有沒有下文啊？發文之後，不時有人好奇地問我。有的。（老實說，連我自己都好奇呢。）

Mr. K 度假回台之後，E小姐還留在台北出差。在E小姐坐上飛機離開台北之前，他們兩個人一起出去吃了一頓飯。

「是誰先約誰的啊？」我問。

「是E小姐傳簡訊問我有沒有空的。人家既然約了，我就說好囉。」

「結果怎麼樣？」

「沒怎麼樣。」

「沒有怎麼樣是什麼意思？」我好奇地問。

「我們就像平時那樣吃飯，我們聊得還算開心。」

「她和前男友出國的事，你們沒有談開來？」

Mr. K搖頭。「E小姐倒是有問：最近你好像都不太理我了？」

「你怎麼說？」

「我沒有回應啊。一下子就岔開話題，談別的事了。」

「為什麼不回應呢？」

「什麼白癡問題嘛！我人不是都已經出來了嗎？哪有不理她。」

「可是你們曾經是男女朋友，現在在一起，什麼都談，就是不談感情的事，不是很奇怪嗎？」

「我這次去度假時想通了。既然她不再讓我有10分以上的感覺，那麼我們就應該像其他有公事往來的朋友一樣，跟她是這個等級的好朋友。」

「什麼意思？」我不解地問。

「那就是，如果其他公事往來的好友約我吃飯我會出去，那麼E小姐約我我就出去。吃完飯如果我不送同等級的好朋友回家，也就不送E小姐回家。離開台灣時，如果我不送其他朋友去機場，那麼也就不送E

小姐去機場。就這樣，很清楚。」

「你這樣的想法有跟她說嗎？」

Mr. K 搖頭。

「為什麼不說？」我問。

「因為我寧可相信行為，不相信言語。再說，不說比說了好很多。」

「為什麼？」

「哎呀，人就是這麼奇怪嘛。如果真的什麼都說開了，就連當這種程度的好朋友也不行了。」他點起了一根菸。在一片煙霧彌漫中，語重心長地說：「這是最有情有義，也是對大家都好唯一的辦法了。」

我想了一下，總覺得哪裡怪怪的。我說：「可是我覺得你這樣高來高去的，什麼都不說。真的很像政客欸。」

「這本來就已經快變成政治了。」

「啊？政治？」

「對啊，處理眾人之事就叫政治。」

「眾人之事？」

「三個人以上就叫眾人。」

「可是，」我說：「這件事也不過只有你和E小姐兩個人……」

Mr. K 打斷我說：「你忘了，還有另外一個人。」

噢。前男友。我恍然大悟，原來這幾天我們一直在談的，在Mr. K心目中不是愛情，而是政治問題啊……

當然，用政治的邏輯是說得通啦，可是總覺得，無論如何，還是有些怪怪的。

Mr. K又抽了一口菸，吐出了一大片煙霧。害我有種錯覺，彷彿自己也陷在那一片撥不開的朦朧裡。

舊情復發最不宜

總之，Mr. K正式宣告，他又失戀了。這樣的宣告，與其說是失戀，還不如說他昭告天下，他又恢復單身狀態了。

就在這樣的狀態下，Mr. K接到了十多年前的外國女友，打來的電話：

「我在台北了，想和你碰個面。」

他們約晚上九點在飯店大廳見面，因此，七點鐘的時候，雖然Mr. K和我吃著晚餐，可是他顯然有些心神不寧。

「啊，」我起鬨：「曠男怨女，乾柴烈火。」

「你不要這麼下流好不好，我們現在是老朋友，而且人家已經有老公了。」

「噢。」我識趣地閉上了嘴。

十點鐘左右，我接到了Mr. K的電話，神秘兮兮地壓低了聲音，要我一分鐘之後打電話給他。

「你現在人在哪裡？」我問。

「我在她房間的廁所。」

「你們不是約在飯店大廳見面嗎？怎麼會跑到她房間？」

「別管那麼多了，一分鐘之後，打個電話給我。就算幫我一個忙。好嗎？」

「到時候我要說什麼呢？」

「你打電話來就是了。」

我掛斷電話，等了一分鐘，又撥了電話過去。

「喂。」我說。

「啊，文詠，對不起，對不起……」

我有點傻眼了，不知道該怎麼回應。不過他似乎一點也不在乎，自顧自說著：

「真糟糕，我都忘了，我馬上就到……」他就這樣一個人在那頭說了一、兩分鐘單口相聲後，才掛斷了電話。

隔天我問他：「到底怎麼一回事？」

「不這樣我沒辦法脫離現場啊。」

「你不是說你們是老朋友嗎？幹嘛要脫離現場？」

「她說她的老公對她不好，在外面有外遇，他們常常吵架，她說著就哭起來了。」

「噢，聽起來不太妙，」我說：「想想，情人還是舊的好……」

「看她哭起來，我只好過去安慰她，沒想到越是這樣，她哭得越厲害，我只好拍拍她，安慰她，然後，她就靠到我肩膀上來哭，淚水把我的衣服都沾濕了。我扶起她的臉，看著她……」

「不是跟你說了嗎，曠男怨女，乾柴烈火……」我說。

他沒說話。

「結果呢？」我有問。

「有件事情忽然讓我清醒了過來……」

「你想到了她的老公，對不對？」

沉默。

「沒想到你還滿有道德情操的嘛。」我說。

Mr. K無言地又看了我一會兒，淡淡地說：「我注意到她變得和從前不一樣了。」

「怎麼不一樣？」

「她的脖子上有皺紋，皮膚變得鬆鬆垮垮的。」說完Mr. K嘆了一口氣，「歲月不饒人啊。」

還真是失敬、失敬啊

又過了好久，Mr. K還是維持單身狀態。當然在這期間，他也曾試圖交往新的對象。只是，情況似乎沒有什麼進展，因此，成天唉唉叫的情況有加劇的傾向。

有一天，我忽然想到，也許問題全在Mr. K對女孩「外貌」的要求太高了。因此建議他，可以把對外貌的要求標準稍稍降低一點。

「外貌A咖的女孩本來比例就少。就算好不容易出現了，她們不但競爭者眾，所到之處形成一片愛情紅海不說，她們內涵也未必和外貌一致。如果非要用你原來心目中A級的標準來篩選對象的話，在我看來，找到理想對象的機會是非常渺茫的。反過來，你只要把外貌標準稍稍放低一點，你的追求樣本數立刻變多了。這樣，你反而有機會轉換愛情紅海戰場成為藍海，在更寬闊的環境中找到你的真命天女。」

Mr. K想了一下，語重心長地對我說：「我覺得我真正的問題不是這個。」

「那是什麼？」

「我覺得最大的問題是我老了。」

我本來以為Mr. K說的是年老色衰的「老」，正想稱讚他的反省力時，他卻說：

「因為老了，少了一種年輕時無知的衝動，不管是外貌還是內涵，只要稍稍覺得不對勁，將來有可能不喜歡對方，自己乾脆一開始就打退堂鼓了。或許因為不想將來分手時辜負別人，因此，寧願讓自己錯過很多很好的機會……」

唉，原來「老」的意思不是年老色衰，而是指「品格崇高、自然偉大」的意思。

天大的誤會，對Mr. K還真是失敬、失敬啊！

暗賤難防

有一次，我和雅麗和 Mr. K 在一起喝咖啡。Mr. K 說：「文詠很厲害，能寫各種文類，但在我看來，他寫得最好的是小說。」

「是。」我說。

被別人稱讚，當然不是什麼壞事。但是如果稱讚來自 Mr. K 的話，一定要小心。

「寫小說要安排情節、鋪陳故事，因此虛構的能力很重要。」

「當然。」我一邊回答，一邊覺得不太妙，怎麼感覺上像個陷阱。

「虛構能力，說得淺白一點，就是說謊的能力，」果然，Mr. K 開始露出馬腳了，「因此優秀的小說家，一定是最會說謊的人，」接著，Mr. K 話鋒一轉，對雅麗小姐說：「你真是不容易啊，能跟寫小說的在一起生活這麼久。」

雅麗小姐果然中計，不疑有他，立刻問我：「是啊，我怎麼都不曾想過這個問題。你每天都對我說謊嗎？」

我連忙分辯：「雖然李連杰功夫很好，但跟他生活在一起，也不一

找你拍色戒，接不接？

有一次和康永、張鈞甯以及朋友 Mr. K 聊天。

康永問鈞甯，如果當初李安找她拍《色戒》，必須在尺度上做出很大的犧牲，她接不接？鈞甯想了很久，搖頭說她真的不知道。

我反問康永如果他是女生接不接？康永想都不想就說接。我問為什麼？

康永說：「不想忍受將來理解到自己錯過了什麼時的懊惱。」

「可是，」我說：「如果片子拍出來不怎麼樣呢？」

「那也勝過什麼都沒發生的人生。」

真是勇敢的邏輯呢。

「你呢？」康永問我。

「我啊……」

正想著，Mr. K 就搶著毒舌說：「你的身材啊，我看最好不要。」

我彷彿聽見了一聲槍聲，在我還來不及反應之前，Mr. K 已經得逞了。

唉，江湖險惡，好朋友暗賤最難防啊。

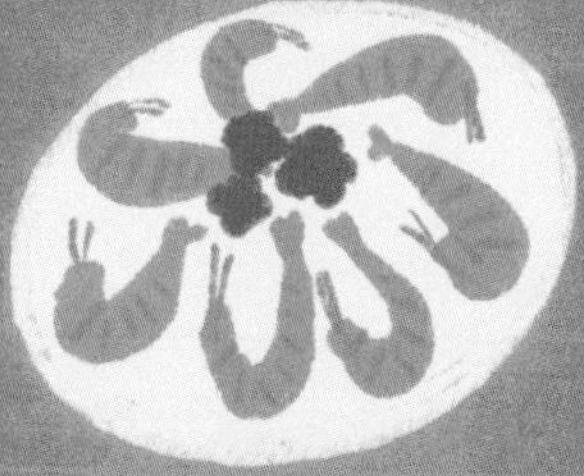

卷五

嗆嗆嗆嗆，嗆嗆嗆

嗆

我一直覺得「嗆聲」是一種很傳神的說法。根據網路字典，「嗆」的字義如下：

【動詞】

（1）刺激性的氣體進入嗅覺器官、呼吸器官或視覺器官，使人感覺難受。

（2）吃、喝或游泳時水或食物進入氣管引起咳嗽又突然噴出。

（3）難受。如：凍得夠嗆。

（4）受，忍受。如：嗆勁（憋足勁頭，奮力）。

（5）〔方〕出言挑釁。嗆聲。

不像叫囂那種主動挑釁的意味，它是有種被動、忍受、不得不發出的聲音的意味。我喜歡這個字的姿態裡，那種叛逆、高貴、理直氣壯又義無反顧的美感。

只是，那麼美麗的姿態是我做不到的。我雖然也嗆聲，但我自覺自己的姿態更接近嗆嗆嗆嗆，嗆嗆嗆。

細細瑣瑣地嗆啊嗆，一點也沒有你死我活的殺氣或一刀兩斷的是非黑白，聽著聽著，反而有種戲要開場了，鑼鼓點那種熱鬧與喜氣……

可不可以讓嘿咻就只是嘿咻啊？

最近讀報紙的醫學報導，讀到最焚琴煮鶴的新聞莫過於這一篇了：

每週嘿咻兩次，保護心血管——心臟病發少百分之四十五，冬天性愛也可以預防感冒。

讀到一半，差點沒從床上跌下來。

這篇報導的根據是刊登在《美國心臟科學期刊》的一篇學術論文，內容來自新英格蘭研究人員研究了一千多名四十五到七十歲之間的男人長期追蹤統計的結果。

之所以差點從床上跌下來，不是我對每週嘿咻兩次有意見，而是覺得這些科學家什麼心態嘛？

「每週嘿咻兩次，可以保護心血管，心臟病發減少百分之四十五。」這樣的說法，聽起來，簡直就像老師孜孜不倦的教誨，說著：

「如果每個禮拜K數學兩次，就可以使數學成績變好，被當的機會減少百分之四十五……」

問題是，嘿咻嘿咻實在不像數學一樣，是那麼令人討厭的事情。

就好像有人跟我這種喜歡寫文章的人說：「加油噢，只要每個禮拜寫兩次作文，就一定可以在作文比賽得獎噢！」

我一定會覺得，搞什麼嘛？我寫作文可是因為開心啊。這跟什麼得獎不得獎一．點．關．係．都．沒．有．好不好？

像我這種個性的人，本來一個禮拜寫六次作文，現在假如聽到人家這麼「教誨」，我也許只剩下兩次都不到了。

為什麼呢？

因為另外那多出來的幾次，只要想到是為了要得獎，寫作文的樂趣和興致，就．完．全．消．失．了。

現在，「嘿咻」也是一樣的。如果對象沒問題的話，大家應該都喜歡嘿咻嘿咻吧。可是如果你在嘿咻的時候，一直有人在你身旁耳提面命，說著：「加油喔，再一次，就可以保護心臟，減少心臟病發作百分之四十五了噢……」你還會生猛有力嗎？

唉，經過科學家這麼一鬧，真怕嘿咻時，忽然什麼保護心血管的聲音就這麼無可抑遏地在腦海裡浮現出來了。這麼一來，嘿咻的滋味大概很難不令人聯想到為了考試而做數學那種感覺。至於這麼一來，到底會發生什麼後果，真的也不是我能控制的了啊……

（那種感覺還真糟啊！）

拜託，科學家，別鬧了好不好。嘿咻一定要為了什麼嗎？

就像「休息就是為了休息」，「走路就是為了走路」，而不是「休息是為了走更遠的路」，或者「走更遠的路是為了休息」。

可不可以讓嘿咻就只是嘿咻啊？

天下烏鴉

這張照片，是在紐約最貴的百貨公司之一，Bloomingdale's的女裝樓層拍的照片。

雖然雅麗小姐占了前景畫面，但重・點・不・是・她。

我是為了拍她身後那個陪太太逛街的男人，請雅麗小姐當掩護的。為什麼要拍那個男人呢？因為從他身上可以看到的事情實在太有趣了。

首先，Bloomingdale's賣的都是名貴的設計師名牌，所以，別小看他只有三袋購物袋，流血的程度，和我們去五分埔買成衣是絕對不可同日而語的。更何況，他老婆還在繼續殺呢。所以，他心中滴的一定不只是普通的血……

再來，Bloomingdlae's標榜的可是「時尚」、「潮流」呢，在那裡出出入入的，不是有錢的老爺、貴婦，就是時尚的型男、模特兒。可是你看他那樣的打扮，從頭到尾就是完・全・一・副・不・認・同・百貨公

司文化的觀光客表情。

接下來，你看他那不耐煩的坐姿。在Bloomingdale's裡，儘管連椅子都是名設計師設計的「潮」椅。不過，老實說，坐在那裡的都是男人。殺紅了眼的女人，除了試鞋的以外，是·沒·有·人·坐·在·椅·子·上·的。

（他心裡的OS可能是：要不是為了我們家那口子，老子我可是一點興趣都沒有呢……）

最後，是那個男人的大墨鏡。百貨公司的光線有什麼好刺眼的呢？除了不想讓人看到他那「無奈」的眼神之外，有什麼理由要在晚上的百貨公司裡，戴那樣的一副墨鏡呢？

總之，照片裡面那個男人所散發出來的一切，某個程度來說，很吸引我。

我在想，那個美國男人的一切表現，應該說中了全世界很多男人的心中不能說出來的秘密吧。

當然，那是美國的男人。無獨有偶，昨天，我在報紙上讀到了另一則台灣男人陪老婆採購的新聞、以及老公的做法和反應，完全是不同的示範。正好和我這張照片來別別苗頭。

台灣的男人到底有什麼不一樣呢？這則新聞的標題是這樣的：

陪妻買年貨　半路去買春

讀完報導之後，我對這位台灣的時間管理大師，嘟起嘴嘖嘖了起碼有一分鐘之久。

真不愧是一個不斷創造奇蹟的地方啊。

心想事不一定成

說起過年，發現最近大家忽然流行起簡訊拜年來了。

這些簡訊往往是寫好（或copy、paste）的套裝賀辭，再把所有朋友的手機號碼找出來，一個按鍵，全部發出。

這樣拜年，雖說也是祝福，但有時實在讓人有點不知所措。有些朋友，平時說的話不是這樣，可是現在寫來的通通是順口溜，滿篇全是發財啦、金銀財寶啦怎樣怎樣的，一看就知道是抄來的罐頭賀辭。明明平時還算熟的朋友，竟連一句像是「近來好嗎？」、「春節還開心吧？」、「別吃壞肚子啦！」這樣的真情流露也沒有。這很奇怪。

因為貪圖方便，發賀年簡訊時是通稿，因此簡訊抬頭沒有像是「文詠」這樣的名字抬頭也就算了，有時還沒有寫是誰敬賀的。搞得莫名其妙，連該怎麼回也不知道。

（總不能沒頭沒腦地也丟回去另一組罐頭賀辭吧。）

這已經很傷腦筋了，有些時候。賀辭忽然跳出來：「萬事如意」、「心想事成」這類的話。一看到這樣的賀辭，我不免要想，不要吧。

如果「萬事如意」、「心想事成」真能實現的話，一定是超級大災難、人類大浩劫吧。

舉例來說，我小時候的新希望就是：學校過年時被火燒掉，這樣放完假之後，就可以不用去上學了。還有，我希望班上那個最討厭的同學放學時撞到電線杆，然後臉上包著石膏三個月，這樣我就可以不用天天看到他那張臉。像我這樣有壞「願望」的人應該不少。更何況一定還有希望美國人死光光的恐怖分子、希望情婦死光光的大老婆、希望政敵中風的反對黨領袖、放空股票，希望股市崩盤的投資客……

已故作家麥克．克萊頓（Michael Crichton）寫過一本叫《神秘球體》（*Sphere*）的書，想法就和我一模一樣。故事內容是一群美國組成的精英團隊被派到海底去探勘一顆可能是來自未來的神秘球體。隨著故事開展，每個進過那顆球體的人都得到了一種能量，可以「心想事成」。

結果世界有沒有從此變得美好？沒有。所有人心中的負面、恐懼發酵的結果，一切果然變成了超級大災難……

所以，看到「萬事如意」、「心想事成」這類的話，心裡還是有點毛毛的。幸虧老天創造了一個萬事不一定如意，心想事不一定成的世界，我們才有機會安居樂業。

只是，收到簡訊總要回覆才有禮貌吧？「萬事不一定如意」、或「心

叫我××……

粉絲網頁上有人喜歡稱我侯大哥，網路上的朋友稱我侯老大，醫院的同事稱侯醫師，服役朋友叫侯醫官，研究所學生叫我侯老師，演員叫我侯製作，兒子學校老師叫侯爸爸，泰國出版社老闆叫 Mr. Hou，也有人直截了當叫文詠……我都喜歡，唯獨稱呼「大師」太高調，稱「大叔」又太傷感情，怎麼聽都覺得怪怪的，如果可以的話，能免就免。

人與人之間的稱呼雖然只是簡單代名詞，但要考慮到年齡、輩分、親疏遠近，說起來其實挺值得玩味。大部分的時候，稱呼其實不只是稱呼，在看不見的深處，還定位了距離，也定位了地位高下。好比說，有些公司喜歡直呼名字。這樣的習慣落實到咱們地方來，老闆叫你 John 是親切，如果你也有樣學樣叫他 Peter，那恐怕就是你不識好歹了。

稱呼透露的不只是關係，也透露了歲月。舞蹈空間的平珩說雲門的大師林懷民是這樣說的，她說：「林懷民小時候來我們家，我們叫他林叔叔，長大了在學校教書，叫他林老師，現在跟他熟了，叫老林。」搞得我這種認識林懷民也有一段時間的晚輩，見了人，不知該如何稱呼他才好。

我在台大醫院服務的時候，學生對不同等級的醫師稱呼有不成文的潛規則。從住院醫師到總住院醫師階段我被實習醫師稱「學長」。升了主治醫師之後學生立刻改口「老師」。在教學醫院裡，老師這個稱呼是尊貴萬分的，通常從主治醫師、講師到教授一體適用。不過一旦升等到了副教授之後，開始逾越地稱你教授。一旦當了教授，又被提升為sensei。sensei 來自日文，其實就是老師的意思。但是因為老一輩的教授多半受過日本教育，因此，被叫 sensei 比老師多了一層德高望重的意涵，更顯尊貴。這些稱呼，雖然沒明文規定，但是那年頭，除非學生太白目，否則很少有人弄錯。

在公司、組織裡，逾越的稱呼不少，不過這年頭流行自動降級。我的朋友 Mr. K，明明年紀小我不多，堅持我兒子不可以叫他「叔叔」，要叫「哥哥」，和我兒子說起話來，開口閉口「你爸爸那一輩」，儼然一副青春年少的模樣。這也就算了，真計較起來，要他稱呼我「叔叔」又不肯。一副只想吃我豆腐，寧可我負天下人，不可天下人負我的得意表情。

另外一次讓人跌破眼鏡的是在台北之音主持「台北 ZOO」廣播節目的時候。因為是以青少年為對象，因此在節目中我的口頭禪老是：你們侯大哥，你們侯大哥……有次我邀請了前監察院院長陳履安先生來上節目。他顯然預作功課聽過了我節目，一開口問候大家就說：「各位聽眾朋友早，侯大哥早……」

陳院長年高德劭，我一聽心裡立刻嘀咕：「哇哩咧……」

最誇張的是雅麗小姐。

我們彼此的稱呼從張醫師、雅麗、雅麗小姐、女王陛下到哈囉，視情況而定。有一次我從法鼓山打完禪三回來，也介紹她去參加下一期課程。法鼓山以「菩薩」稱呼每一個人，禪三班的學員則互稱「師兄」、「師姐」。

課程結束，我開車上山去接她下山。三天的浸潤顯然對她影響很大，一見面雅麗小姐就對我雙手合十，深深鞠了一個躬，說：

「感謝師兄，介紹我來參加這個課程，真是受益良多。」

衝著那句「師兄」，我差不多愣了好幾秒鐘，直到我恢復神智，也對她一鞠躬。

「師姐不要客氣，這是我的榮幸。」

唉，師兄啊，真是榮幸……

閱讀其實是很乏味的

或許因為我是作家吧，只要有學校、單位、媒體開始「推廣閱讀」，似乎很容易就會想到來問問我的意見。擁護閱讀的人士理所當然地覺得我一定支持這樣的推廣。不過後來發現，我的言論和他們的想像有很大的差距。我自己雖然愛讀書，不過在我看來：

大部分的時候，閱讀其實是很乏味的。

為什麼呢？

我曾在雜誌上看到知名演員海清接受採訪時說過一句話（記不得原文了），大意是「一個好的演員，一生面對的劇本，大部分的時候是爛的。」這成了考驗好演員一生的重要核心課題。此話深得我心。在我看來，閱讀的問題也是一樣的。大部分時候，**我們讀到爛書的機會實在比好書高太多了**——

這也成了考驗好讀者一生的重要核心課題。

先不說這個，就算真的是「好書」擺在面前好了，還得講究遇見它的時刻。一本在四十歲的時候被我們讚歎不已的好書，在我們十幾歲的時候，未必能夠讀懂。既然不能讀懂，當然，這本書又變成了「爛書」，如此一來，讀到好書的機率當然很低更低了。

既然如此，有人問：難道不能直接把好書推廣給我們的對象嗎？我的答案是——就是因為這樣，我們讀到爛書的機會更高了。

為什麼？

答案很簡單，在我們受教育的過程中，誰不曾讀過許多充滿了知識、政治、道德、文化正確的「好書」呢？正因為這些好書必須負擔這麼多的「正確訊息」，以至於它們不再有空間留給創意、自由、驚喜、想像、情感……

少了這些有趣的訊息，閱讀怎麼還會是有樂趣的事呢？

正是因為這些所謂的「好書」占據了我們大部分的閱讀空間，讓我們耗費大量的青春、時間去應付相隨而來的考試、競爭，因此，對大部分人而言，所謂閱讀好書經驗，說穿了，無非就是為了應付考試被逼著不得不做的事。以至於一旦有機會脫離考試生活，大多數的人從此再也不閱讀了。

如此，我們造就了許多從小就因為孩子能背唐詩而沾沾自喜，本身卻從來不買書來閱讀的家長，代代惡性循環。

有一次，有個學校推廣閱讀，每年選一位作家，全校一起閱讀、討論。有一年他們選了我的作品作為年度主題，邀請我去學校演講。被問到如何「提升學生的閱讀風氣」時，我就建議學校推廣以「樂趣」為核心的閱讀。

辦法是這樣的：

一、每週有閱讀時間，開放圖書館，讓小孩自由進圖書館讀書。

二、圖書館選擇書單購書時，必須廣泛採納學生的意見、書單。

三、不規定小孩閱讀什麼。只要他們喜歡，從嚴肅文學，到通俗、愛情小說甚至漫畫，都可以。

四、花時間和孩子討論，鼓勵他們思考、發言，但千萬不要孩子交報告。

我這樣看似的主張，面對的質疑不少。

質疑一：孩子會挑書嗎？

孩子當然會挑書。孩子的書單往往比大人的書單更貼近情感。更多時候，推廣閱讀不是大人指導小孩的過程，反過來也是大人向小孩學習的過程。我的小說《危險心靈》，也許探討的是國中教育問題，擁有最多的青少年讀者。它被改拍成電視連續劇，電視連續劇播出時，很多家長寫信給我，他們和小孩一起「追」連續劇，一起討論劇情，意外地這個過程之中，

在孩子身上發現、瞭解了他們從來沒有瞭解過的一面。

因此，「找書單」的過程，不是複製想法，而是「溝通」、「交流」的一個過程。

質疑二，孩子挑出來的書萬一都只是通俗的暢銷書，萬一將來他們只讀這些通俗、言情小說，無法進一步欣賞更偉大、深刻的書籍世界，怎麼辦？

首先，我認為，孩子的書單絕對不會「只是」這些。根據我的經驗，從偵探、懸疑、哲學、冒險……讀孩子挑出的書單，不要說一般家長，連我這種專業的「閱讀人」，往往也都充滿了驚喜、驚豔、甚至學習。

再來，就算「只有」這些通俗的暢銷書，只要是孩子真心喜歡的，也沒有什麼不好。我的醫學背景給我一個信念，那就是，不管你的醫術再高明，只要病人不肯吃藥，你就完全沒轍。從某個角度來說，閱讀也一樣。只要孩子不肯閱讀，什麼偉大、深刻的藥效一點也沒轍。有沒有人想過，常看見推廣閱讀、推廣書香，卻從沒見過有人推廣「上床」？為什麼校園美女從來不需要宣傳就轟動全校？為什麼韓國天團 SJ 的演唱會的票一開售，幾分鐘之內就搶購一空？

理由無他，全都是因為有「樂趣」啊。

跟美食的道理是一樣的。一個人如果一直喜歡、有機會接觸美食，慢慢地，他的品味就會更精緻、細膩。同樣的，一個孩子的閱讀經驗如果一直是有「樂趣」的事，慢慢的，他的品味也會變得更偉大、深刻。

最後還有一個質疑，和學校的學生無關，是針對我個人的。有個記者問：「既然大部分的時候，閱讀是乏味的，為什麼你還會花那麼多時間閱讀？」

這個問題讓我直接聯想到的畫面不是圖書館——而是賭場。賭場裡面有一群流連忘返的賭徒，儘管大部分的時候都輸，卻還很難離開賭場。道理其實很簡單，因為曾經體會過贏的滋味，因此非理性地等待、追求下一次大贏。

對於一個資深讀者而言，情況也是差不多的——因為曾經有讀過精采絕倫的好書、拍案叫絕的好書，體會過那種「樂趣」，因此，願意在一次又一次的乏味中、失望中，繼續追求下一次的大贏。

從某個角度來說，推廣閱讀對我來說，並不是把孩子訓練成圖書館管理員，我的想像是更接近把他們訓練成賭徒啊！

寫作既不浪漫、也不優雅……

許多人對於寫作這個工作都有一個浪漫、優雅的想像，對於作家的工作形態，也多所誤會。最常見的，像是這樣：

「你像ＪＫ羅琳一樣，在咖啡館寫作嗎？」

答案是不會。一方面台北的冬天不像倫敦那麼冷，我不需躲到有暖氣的咖啡館去避寒。另一方面，羅琳小姐在咖啡館寫作時《哈利波特》還沒有出版。我不相信現在羅琳小姐還能在任何一家咖啡館不被媒體、粉絲干擾，安靜地寫她的新書。

「那你都在哪裡寫？」

「在家裡，我的書桌上啊。」

「用稿紙寫？」

「用電腦，跟你在公司沒有什麼兩樣啊。」

「你利用夜深人靜的時候寫嗎？」

「我幾乎只在白天寫作，跟你上班的時間差不多……」

「啊，就這樣？」

「不然咧？」

「以為你會像海明威在《巴黎的饗宴》裡面寫的那樣，住在巴黎豪華旅館、邊寫作邊喝喝酒還邊看過往的女人，你知道的……」

哈，不可能。

一方面豪華旅館太貴，二方面喝酒太不清醒，三方面看女人太分心——特別是第三方面，雅麗小姐是不可能允許的。

「所以，」我說：「這是你對作家的想像？」

「我以為作家都是這樣。」說著，他哼起了一首旋律。雖然他沒有唱出歌詞來，但我彷彿記得歌詞是這樣的：

風吹著我像流雲一樣，孤單的我啊只好去流浪，帶著我心愛的吉他，和一朵黃色的野菊花……

聽他哼著，我笑了出來。

當今世界上一流的職業作家，幾乎是沒有人用這種方式工作的。我所知道的大作家，多半非常有紀律地維持一定的作息。如村上春樹的長跑、已故的美國暢銷天王麥克·克萊頓甚至還固定吃相同的食物，好維持常規的感覺……

「你笑什麼？」

「我在笑，你想的，和現實差太多了。」

在聽我說完了作家的工作方式之後，我的朋友問：「啊，如果你們的工作方式和我在公司上班差不多，那不是很無聊嗎？」

無聊。這兩個字倒有幾分精準了。

在很多人印象中，「作家」的工作狀態，可能是才華洋溢的靈光閃現、或者意氣風發的振筆疾書……事實上，那樣美好的「作家時刻」其實是很少的。寫作這個工作，花費最多的時間不是這些。

我統計了一下我寫《沒有神的所在》十八個月的時間裡，真正花在「振筆疾書」的時間絕對不超過三個月，就算扣除掉翻書找資料的時間——三個月好了，其餘的時間至少也有將近三百天左右，我是坐在螢幕前，一事無成地度過的。

換句話，把螢幕想像成一面牆的話，「面壁」的生活構成了完成一部作品、無可避免、最重要的部分。

至於「面壁」的過程，都在幹什麼呢？

主要就是反覆地想。至於想的內容，很難具體說明。

舉個例子來說好了。

我第一次寫長篇小說《白色巨塔》時，寫到三萬字左右時，第一次碰到小說中角色對我怠工。他們不但變得行動奄奄一息，對白也柔弱無力。我似乎聽到他們在對我抗議著：

「好無聊噢，我不演了。」

儘管我極力「控制」、「鎮壓」角色，但結果只是讓作品變得更無趣而已。

我就這樣「面壁」了一個多禮拜，越來越慌。就像所有的獨裁者一樣，實在走投無路了，才會開始想，除了「控制」、「鎮壓」，還有別的辦法嗎？我該跟這些造反的角色談一談嗎？

這一談不得了了。我必須重新反省自己對角色的背景、動機、心情的理解程度，甚至，我必須重新審視自己，到底我想說的是什麼樣的故事，我的目的是什麼……

這樣的過程，我慢慢理解、體認到，原來非得更深刻認識了這個故事、瞭解了我的角色，我所有的問題才有解決的可能。

那次的結果是，我又刪去了三萬多字，回到那個分叉點重新開始，才走出了這個死胡同。從那之後，所有寫作的過程，無非都是那樣重複的面壁過程，「創作─思考─毀滅─重新創造……」構成了寫作這工作的不變的內在程式。

「既然這麼無聊，」朋友繼續又問：「為什麼還寫得這麼開心呢？」這倒是個好問題。

我開始想，或許那個別的工作所無法容許的「無聊」，或者看似無效率的「面壁」，就是寫作這個工作最珍貴的部分了吧。正因為那樣的空間，讓許多在創作之前未知或者沒被觀察的，有機會浮現出來。也正因為這個浮現，讓作家經由「面壁」、「無聊」的思考過程，發現更多自身、或者自身與這個世界的連結之間，更多的驚喜。

「你別看作家整天坐在那裡看似無聊，可是這無聊，」我回答朋友：「正是作家最奢華、最驚險刺激的內在冒險的居所啊。」

朋友似懂非懂地點了點頭。喃喃地說：「什麼歪理，被你們作家這麼隨便說說，都變得好像很有道理。」

沒有在隨便說說啊。我心想，一旦放棄了這個無聊的過程，寫作這件事，真的只剩下無．聊．中．的．無．聊．了．啊……

蔡康永，你娘卡好

為了在《康熙來了》節目裡說別人「娘」應不應該，蔡康永在打筆仗。在我看來，這次我非挺他不可。他和我當然是好朋友，但挺他的理由不是因為交情，而是，他說的是對的。

我的理由是這樣的：

首先，不管大家對娘原來的看法如何，我要說：字是符號。從歷史的角度來看，符號所代表的意義是隨著時代不斷在變動的。

舉例來說：我們說某個人「很會唱歌」。這是恭維。但到了明朝這樣說就不行。因為明朝只有樂工、妓女這個層次的人才唱歌給別人聽，說人很會唱歌，就是講別人低賤。

過去我在博客上讀到有女生被朋友說成「潘金蓮」，她覺得朋友罵她淫蕩，決定和朋友絕交。但她的朋友是熟讀《金瓶梅》的人，她覺得潘金蓮是個聰明、敢作敢當的新時代女性。

回到我們的主題「娘」，我想大家應該都同意：「娘」的定義不只一種。

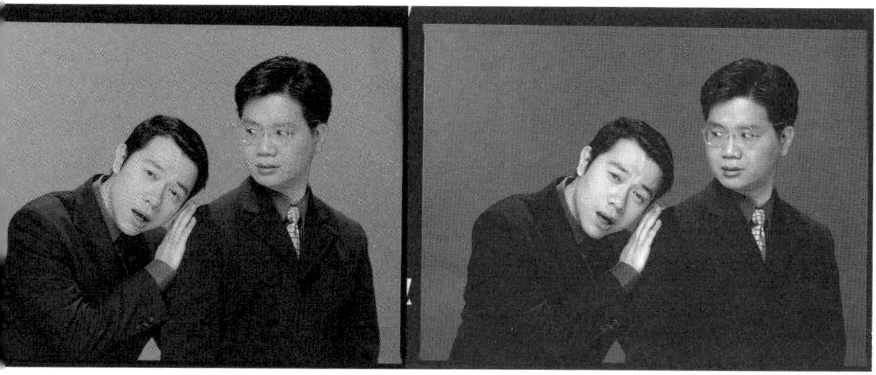

我們說某個男生很娘。明顯的，指的是這個男生的舉止像女生。這個部分的疑義不大。進一步追究，當我們覺得一個男生的舉止像女生時，背後的立場與解讀可能有以下幾種：

（A）負面解讀，認為說男人娘是嘲笑的意思。

表示：

一、男人應該 man。這個男生一點也不 man。他跟大家不一樣，因此錯了、丟臉了。或

二、男人是更高等的。被說成女人，是被貶低了。

（B）中性解讀。沒有讚美、也沒有嘲笑，就只是一種狀態的形容。

表示：

一、男人 man 不 man，娘不娘，

這是個人的自由與選擇，無關好壞、高下。

二、男人沒有比女人高等，女人也不比男人高等。不管身為男人女人，沒有好壞高下。

（C）正面解讀。覺得這是一種讚美。

表示：

男人應該多一點溫柔、關懷的女性氣質，女人應該多點堅強、陽剛的男性氣質，大家往中性的光譜靠近。這是令人羨慕的事。

（現在最流行、厲害的明星都是往中性這個光譜靠近的。還有中國傳統說的「溫良恭儉讓」也是一種較靠近女性的美德。許多政治領導人：馬英九、歐巴馬、溫家寶也都相對的中性。）

不知道大家的立場是什麼？可以確認的是，如果不站在（A）負面解讀立場的話，「娘」是罵人的意思就很難成立了。

但問題是（A）立場的論點，包括男人非 man 不可，或者男人比女人高等，這樣的認知對我來說，簡直是無法忍受的。對我來說，如果我們容許有人靠著外在的膚色、性別、種族、語言、階級……來分別或貶抑別人，我們當然要站起來極力對抗的。畢竟那不是「男人」或「女人」的問題，而是人類的問題。

我更喜歡（B）、（C）的解讀立場。因為那裡面存在一個人類對美好世界的想望。

有人覺得蔡康永在硬拗。但我一點都不覺得。我覺得康永在做的是一種把人推向更美好、關愛、和諧方向的一種寧靜革命。做為一個同志，有些話站在他的立場也許說不清楚，但我這個非同志很樂於替他說。這是「人」的問題，無關同志不同志。

因此，我要大聲說：蔡康永。我挺你。你娘卡好。

不只你娘卡好，我覺得任何一個男人，娘沒有什麼不好，就像任何一個女人 man 也沒有什麼不好一樣。

娘什麼娘？

既然提到了娘，順便再說一件事。

《不乖》這本書發行之後，引起不少討論。不過其中，我最意外的評論是：「這個封面有點娘」。我對「娘」倒是中性看待，上回說過了。只是，好奇如我，對於這個意外的評論一點也不想放過，於是卯起來發臉書問大家：

這個封面看起來有點「娘」嗎？覺得有的話，為什麼？

我得到的回覆不少，並不是每個人都覺得有點娘。但是有這種感覺的人指出，由於右手手指比較翹。手指往上翹的結果，看起來感覺比較「娘」。

如果是這樣的話，為什麼手指比較翹，看起來比較「娘」呢？這樣的視覺，為什麼會在人類的心理產生了這樣的形象呢？

於是我又在臉書上請教大家。

有些人覺得我的問題很無聊。因為，感覺上這樣就是這樣，這是很直覺的問題。

不乖
比標準答案更重要的事。
侯文詠

老實說，這樣的說法一點也無法滿足像我這樣的好奇貓。幸好有考古學專家告訴我，在古代，手往上翹，是屬於「女紅」才會出現的動作，而男人「捕獵」、「耕作」的手，手指基本上是沒有機會往上翹的。而這樣的動作又在戲劇中被誇大，久而久之，手指上翹，就有「娘」的嫌疑了。

嗯，聽起來很有道理。

不過我的問題又來了。

在我們這個時代裡，大部分的女人已經不做女紅了。反而是，打鍵盤的手，取代了女紅的手，成了我們這個時代最常見手指上翹的形象中，排行第一名。換句話，只要工作必須大量利用電腦的人，大部分的時間，手指位置都是往上翹的——

換句話，這樣的工作形象是不分男、女的。

因此，過去，手指往上翹「娘」的印象，到了電腦時代已經落伍了。手指上翹的手，在外面這個時代，可以是任何的性別。

不但如此，很多在我們心中許多關於「man」、「娘」動作的刻板印象，恐怕都得重新定義才對呢。

那些我一直信以為真的事……

小時候讀到岳媽媽在岳飛背上刺「精忠報國」時，課本的畫面是岳飛跪在媽媽面前，媽媽就在背後給岳飛刺字。那時一邊朗誦課文，就一邊覺得簡直不可思議，想不通：岳媽媽到底怎麼刺、用什麼刺的？

那時候，班上有個自視甚高的才女用一副少見多怪的表情對我說：「那時候的女人都會刺繡，難道你連這一點常識都不懂嗎？」

這一說，可把我唬住了。因此，有好長時間，我一直以為，岳飛背上的「精忠報國」長得就跟制服上用「電繡學號」繡出來的字體一模一樣。

這個故事，一直要過了十幾年，我進了醫學院學了免疫學，才又有了新的進展。那時候，新的問題又出現了：

刺在背上的「精忠報國」刺字，難道不會造成免疫排斥？甚至進一步導致皮膚潰爛、二次發炎、甚至是全身性的敗血病嗎？

經過幾個醫學院的同學討論，這個原來堅信不移的認知又有了新的修正，大家一致同意：岳飛背上的字，應該是刺青才對。

不過這麼一來，新的疑惑又來了：以岳媽媽這麼一個農民出身的女人，她哪學來刺青這個專門技術？她學這個，只為了給岳飛刺青嗎？還是，她也兼營「刺青」這個行業？

也許有讀者會問，為什麼不上網查一查呢？

必須聲明的是，在我讀醫學院的時代，世界上還沒有所謂的網路這回事——當然也就沒有什麼 Google 或雅虎知識可查。況且，做為醫學生也不是整天閒著沒事幹。因此，這個新的疑惑也就這樣不明不白地繼續持續下去了。

總之，直到這個世界已經變成了一個人人都可以上網查點什麼的世界，我又想起這個問題時，我的認知才又有了新的變化。當然，這一小小步的進展，又花了我二十多年的時間。

先說一件和岳母無關的事。

我記得在服役時，我曾以每篇政戰心得報告和小兵交換兩個小時「工時」的代價，和小兵做了不少交易。一方面，做為軍官，我需要更多的人力來維護我的責任清潔區。另一方面，要原本就從事勞動工作的小兵寫滿一張稿紙的心得報告，簡直比要他們的命還要可怕。可以想見，我的「代筆」業務蒸蒸日上。很快，我手上就有好幾百個小時的「工時」

可以調配。

有一天我看見我的小兵赤裸上身在除草，忽然心生一計。我剪好了各種字型：將、士、象、車、馬、包……讓除草前的小兵貼在胸前、背後。經過一個下午陽光充分曝曬之後，隔天讓小兵脫下上衣，黝黑的前胸、後背立刻露出了將、士、象……的鮮明大字——就這樣，我調兵遣將，不到一個禮拜，我就擁有一副完整的「人肉象棋」了。

週末休假在營區，我在空地畫上棋盤，兩邊還各自設立指揮台。由於部隊長酷愛下棋，於是我就特別情商他來擔任對手。

一聲令下，我讓小兵各就各位，脫掉上衣，戴帽子一組露出了胸前背後將士象車馬包卒的黑底白字的職銜，沒戴帽子的另一組則露出帥仕相俥傌炮兵的職銜。

一場將士效命的楚漢之爭就此擺開陣勢。

部隊長擺了擺手，表示讓我先手。

「炮二平五！」我說。

就這樣，我看見全世界最栩栩如生的棋子，在我面前動了起來。

回到岳媽媽身上。

這個讓我迷惑了幾十年的疑問，我在網路上查到的說明是這樣的。

岳飛刺字這件事，最早見於元人所編的《宋史本傳》：

初命何鑄鞫之，飛裂裳，以背示鑄，有「盡忠報國」四大字，深入膚理。

意思是說：當岳飛蒙受不白之冤時，大理寺官員何鑄負責審理他的案子。面對欲加之罪，岳飛撕開衣服，露出了刺在他後背上的四個大字「盡忠報國」，何鑄見其字早已深深嵌入肌膚。

從這個記載，我們理解到：

首先，**岳飛背上的確有刻字**，但刻的是「盡忠報國」，不是「精忠報國」。

「精忠岳飛」是宋高宗表揚岳飛作戰有功，賜給他的一面旗幟。岳媽媽在岳飛小時候給他刺字時，皇上應該還沒有頒發「精忠岳飛」的旗幟，這麼推論的結果，岳媽媽在岳飛背上刺的是「盡忠報國」似乎更加合理。

但問題又來了。

岳媽媽給岳飛刺字這事正史是查無根據的。當然，查無根據不代表就沒有。只是，像岳媽媽這樣一個宋代普通農民之家出身的女人，基本上是不認識字的。更何況，要岳媽媽同時又掌握刺青的技術的可能性，更是微乎其微了。

因此，大部分的史學家都同意，岳媽媽在岳飛背上刺字的傳說應是後人**為了增加戲劇效果，編出來的故事**。

話又說回來，既然岳飛背上的字真的存在，那麼，替岳飛刺字的是誰呢？歷史上各種說法眾說紛紜（有興趣的人自己上網查）。可以肯定的是，岳飛身為統帥，如果不是經過自己授意，應該是沒有人敢隨便在太歲爺頭上動土的。

如果岳母刺字的故事是編出來的，那麼，給自己刺字的岳飛，真實的動機又是什麼呢？

一定有人會說：就像勾踐臥薪嚐膽一樣，這應該是為了給自己惕厲吧。

一段歷史公案本來到此差不多應該水落石出了。

不過，我忽然想起服役時的人肉象棋大戰。大戰的場面讓我想起一件驚人的事實，那就是：

棋盤上的小兵是看不到自己背後的字的。

這麼一來問題又來了。和小兵一樣，岳飛應該也看不到自己背上的刺字才對。既然看不到，刺青又不痛不癢，怎麼可能用來「自我惕厲」呢？

這麼一想，岳飛刺在背上的字，應該是為了給人看的吧。

繼續往下推敲，為了給誰看呢？

岳太太是可能的候選人。但是床笫之間，床上的男人一翻身，赫然四個大字「盡忠報國」，對閨房情趣一點幫助也沒有。可見不是為了給岳太太看的。排除掉岳太太之後，下一個最可能的候選人，在我看來，就是同袍了。

想像岳飛身為部隊長，站在隊伍的最前面跟著士兵一起操練，上衣一脫，他的背部就是最佳的活動看板了。這時，刺上「盡忠報國」四個大字，小兵看到統帥這麼 high，自己能不跟著熱血奔騰嗎？

更何況，閱兵時如果皇帝坐在前面，岳飛背向皇帝指揮軍隊。上衣這麼一脫，背上「盡忠報國」的刺青，既低調又優雅地對元首宣誓效忠，在長官心目中留下的印象恐怕不是任何其他方式能夠比擬的。

有人覺得我不應該以小人之心度君子之腹，誣賴岳飛刺字有拍上司馬屁的嫌疑。但話說回來，將領在外打仗，能利用背部的看板效應，適度地對部屬、對上司做思想工作，我覺得其實是很務實的。

否則，只是為了惕厲自己的話，大可刺在手臂、腿這些自己看得到的地方才對。萬一有人嫌手臂、腿部的面積不夠，還可以刺在胸膛上。

只是，真要刺在胸膛，受限脖子的長度，自己不容易看到全貌。這時候，就建議考慮肚子了。

不但如此，刺的時候最好還要倒著刺，像右圖這樣：

如此一來，岳飛只要一低頭，立刻可以看到驚心動魄的四個大字，像左圖這樣：

那可就夠嗆又夠惕厲了！

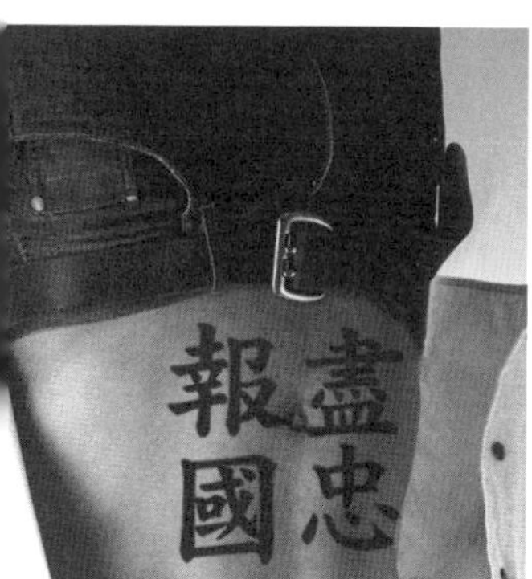

相反貓

不曉得為什麼，在我們家，唱反調叫「相反貓」。更神奇的是，「相反貓」可以當動詞、形容詞、名詞。像這樣。

雅麗：我覺得你根本就是故意「相反貓」的。

我：我哪有？

雅麗：你哪沒有？你最喜歡相反貓了，你很相反貓，我最討厭你變成相反貓了。

我：等一下，我不明白，為什麼是相反貓，不是相反狗？

雅麗：你又來了。像你現在這樣的行為就是相反貓。

我：我哪有相反貓？我是在問你問題，而你根本沒有回答我的問題。

雅麗：我為什麼要回答你的問題？我太瞭解你的詭計了，我回答你的問題就被你控制議題了。你不要轉移話題，現在話題是：我最討厭你變成相反貓，跟狗一點關係也沒有。我們就相反貓這件事討論，好不好？

我：我要你回答問題，你偏偏不回答問題，你看，你的行為也是相反貓。如果要討論相反貓的話，那就來討論為什麼你也是相反貓。

雅麗：你看，你又在相反貓了。

我：我不是相反貓，你才是相反貓好不好，汪汪汪……

雅麗：你看，說你相反貓，你就是相反貓，喵喵喵……

我：我不是相反貓，汪汪汪……

雅麗：你是，喵喵……

我：汪汪汪……

雅麗：喵喵喵……

跋

啊，結束了？

很多看過初稿的編輯、讀者、記者都曾這樣問過我。

我心想，不會吧。

有沒有這樣的經驗？當我們注意或學會新事物時，那樣新事物就會常常在我們的生活中出現。好比說，新學會一個單字之後，我們會常常在文章裡讀到。或者，驚奇地發現有著黃脖子的漂亮水鳥叫水鴩，在那之後，水鴩就常常現身在報紙、媒體、或朋友的談話裡了。

真的很奇怪，過去從沒有在生命中出現的事物、感覺，一旦辨識了、感受了，它就會一而再、再而三地在我們生活的周遭出現。

有次參加婚禮時，上最後一道菜時，主人派人來告訴賓客，結束後不要道別，只要安靜走出餐廳就好。

果真用完最後一道菜，沒有人送客、發喜糖、也沒有人互相道別，所有的賓客，就這樣安靜地走出餐廳，彷彿我們只是暫時去做點什麼事，宴會還在持續著。

那時候，我想起了當年參加我的婚禮的長輩，外公、外婆、伯父、姨丈……儘管好幾位長輩已經過世，可是不知道為什麼，想起他們時，一種溫暖的感覺就會油然而生，覺得他們一直都在我們的生命裡，從來沒有離去。我很喜歡那樣的感覺。所謂天下沒有不散的宴席。但換個角度說，在幸福、關懷的世界裡，天下也沒有散了的宴席。

所以，翻過最後一頁之後不要告別，也不要說再見。諸如歡笑、快樂、將心比心，種種美好，一旦交會，就會一直存在，並且持續下去的。宴席不散。因為我們知道，在這樣的氛圍裡，我們還要一再相遇。

國家圖書館出版品預行編目資料

我就是忍不住笑了 / 侯文詠著. --二版.--臺北市：皇冠文化. 2023.06
面；公分（皇冠叢書；第5100種）（侯文詠作品集；17）

ISBN 978-957-33-4036-2

863.55　　112008046

皇冠叢書第5100種
侯文詠作品 17

我就是忍不住笑了
【十週年歡聚珍藏版】

作　　者—侯文詠
發 行 人—平　雲
出版發行—皇冠文化出版有限公司
台北市敦化北路120巷50號
電話◎02-27168888
郵撥帳號◎15261516號
皇冠出版社(香港)有限公司
香港銅鑼灣道180號百樂商業中心
19字樓1903室
電話◎2529-1778　傳真◎2527-0904
總 編 輯—許婷婷
責任編輯—黃雅群
內頁設計—李偉涵
行銷企劃—許瑄文、薛晴方
著作完成日期—2012年05月
初版一刷日期—2012年08月
二版二刷日期—2024年08月
法律顧問—王惠光律師

讀者服務傳真專線◎02-27150507
電腦編號◎010117
ISBN◎978-957-33-4036-2
Printed in Taiwan
本書定價◎新台幣420元/港幣140元